gaía passarelli

TÁ TODO MUNDO TENTANDO

histórias para ler na cidade

gaía passarelli

TÁ TODO MUNDO TENTANDO

histórias
para ler na
cidade

Diretor-presidente: Jorge Yunes
Gerente editorial: Claudio Varela
Editora: Ivânia Valim
Assistentes editoriais: Fernando Gregório e Vitória Galindo
Suporte editorial: Nádila Sousa
Gerente de marketing: Renata Bueno
Analistas de marketing: Anna Nery, Mariana Iazzetti e Daniel Oliveira
Direitos autorais: Leila Andrade
Coordenadora comercial: Vivian Pessoa
Preparação de texto: Marina Montrezol

Tá todo mundo tentando
© Gaía Passarelli, 2024
© Companhia Editora Nacional, 2024

Todos os direitos reservados. Nenhuma parte desta obra pode ser reproduzida ou transmitida por qualquer forma ou meio eletrônico, inclusive fotocópia, gravação ou sistema de armazenagem e recuperação de informação sem o prévio e expresso consentimento da editora.

1ª edição — São Paulo

Revisão: Gleice Couto
Projeto gráfico de capa e miolo: Karina Pamplona
Diagramação: Karina Pamplona e Amanda Tupiná
Ilustração de capa: Tiago Lacerda (@elcerdo)
Ilustração de miolo: Tiago Lacerda (@elcerdo) Karina Pamplona (@karipola)

DADOS INTERNACIONAIS DE CATALOGAÇÃO NA PUBLICAÇÃO (CIP) DE ACORDO COM ISBD

P286t	Passarelli, Gaía
	Tá todo mundo tentando: histórias para ler na cidade / Gaía Passarelli. - São Paulo, Editora Nacional, 2024. 184 p. : il. ; 14cm x 21cm.
	ISBN: 978-65-5881-204-3
	1. Literatura brasileira. 2. Crônicas. I. Título.
2024-910	CDD 869.89928 CDU 821.134.3(81)-94

Elaborado por Odilio Hilario Moreira Junior - CRB-8/9949

Índice para catálogo sistemático:
1. Literatura brasileira : Crônicas 869.89928
2. Literatura brasileira : Crônicas 821.134.3(81)-94

Rua Gomes de Carvalho, 1306 - 11º andar - Vila Olímpia
São Paulo - SP - 04547-005 - Brasil - Tel.: (11) 2799-7799
editoranacional.com.br - atendimento@grupoibep.com.br

Num apartamento perdido na cidade
Alguém está tentando acreditar
Que as coisas vão melhorar
Ultimamente

Rita Lee, "Lá vou eu" (1976)

Prefácio

A newsletter *Tá todo mundo tentando* (carinhosamente apelidada TTMT, que você encontra em gaiapassarelli.com) começou porque eu queria voltar a escrever. Vinha de dois anos em um trabalho sufocante e, de repente, me vi com tempo livre e a feliz oportunidade de decidir o que fazer com ele. Escrever, como forma de voltar aos meus temas e interesses, foi a resposta óbvia. Era abril de 2021.

O formato blog tinha caído em desuso, e o conceito de redes sociais já me causava incômodo. Então decidi fazer uma newsletter, considerando (com razão) que isso me faria ter compromisso com certa periodicidade. Entre pensar, escrever, editar e enviar a primeira edição levei poucos dias, fazendo tudo meio no impulso. Comecei com uma lista de e-mails guardada do tempo em que eu tinha um blog de viagens, não mais que uns duzentos endereços. E rolou: as pessoas gostaram, meus amigos responderam. Fiquei feliz de reencontrar um lado meu que tinha ficado meio sufocado por trabalhos pouco instigantes. E, sendo uma pessoa que só funciona na base da obsessão, mergulhei no assunto.

Em três anos, a TTMT teve centenas de envios e passou por várias fases. De início, teve muito a ver com a pandemia, um assunto com o qual todos estávamos tentando lidar. Depois, com a gradual reconstrução de nossas vidas, os leitores me acompanharam por mudança de casa, viagens curtas, dramas afetivos e profissionais. Viveram comigo alguns dias muito gelados e outros extremamente quentes. Me acompanharam por divagações cinematográficas, literárias e musicais, levados pela experimentação semanal com temas e formatos que tinham como compromisso apenas minha honestidade e a busca da consistência.

É essa tentativa de capturar assuntos cotidianos, de registrar memórias e comentar a vida na cidade que trago aqui. Sempre tenho o digital como prioridade, o que coloca este livro na mesma estante da literatura blogueira dos anos 2000 — afinal, há quem diga que newsletter é o novo blog, o que faz mesmo bastante sentido. Tem a ver com a batalha internética por conexões humanas, por estar sempre buscando memórias que perduram in *real life* e com o desejo de sobreviver de alguma forma ao limbo digital para onde quase toda linha de texto acaba se endereçando.

Quando você ler esta página impressa, a TTMT terá comemorado três anos de vida. Já terá mudado mais uma vez de formato e ideia. Quem sabe até já tenha acabado. É da natureza do digital mudar o tempo todo, sempre tentando morder o próprio rabo na tentativa vã de encontrar relevância.

Essa tentativa de existir no mundo real vem em três

segmentos: *Tá todo mundo tentando*, com uma seleção de algumas das mais de duzentas crônicas e divagações publicadas na newsletter nos últimos três anos, misturando favoritas pessoais e da audiência; *Todo mundo*, com registros de viagens pelas Américas e pela Índia; e *011*, em que está minha percepção da insanidade que é viver em São Paulo nos anos 2020. Cada segmento fecha com uma história ficcional, mas mesmo essas têm um pé no real — afinal, não existe verdade mais aguçada que a ficção.

Tá todo mundo tentando, o nome do projeto, é uma frase roubada de uma conversa entre amigas. Ouço muito de quem chega pela primeira vez na newsletter que o nome é ótimo. É mesmo. É ótimo porque evoca um daqueles sentimentos universais, porque só não está tentando quem já morreu, metafórica ou literalmente. Estar vivo e acordar todos os dias — para trabalhar, comer, amar, viver e tudo o mais — é continuar tentando. Todos nós fazemos isso todos os dias: vamos tentando.

Apresentação

"Saber orientar-se numa cidade não significa muito. No entanto, perder-se numa cidade, como alguém se perde numa floresta, requer instrução." As palavras de Walter Benjamin poderiam servir de epígrafe para este livro. Não é todo dia que uma obra tenta dar conta, de maneira tão singular quanto ampla, do que significa viver numa cidade e, mais ainda, se perder com tamanha consciência por seus labirintos.

A partir da ótima newsletter *Tá todo mundo tentando*, Gaía Passarelli usa São Paulo como base para explorar a si e o mundo. Espalhado por localidades tão distintas quanto São Francisco, Ushuaia e Kumily, seu olhar é uma captura aditivada da vida ao rés-do-chão que Antonio Candido preconizou para a crônica. É sobretudo divertido acompanhar a honestidade com que se entrega à *flânerie* e ao exercício da contemplação em meio ao frenesi de carros, buzinas, multidões – e se há espaço para meditar em cima de um vaso sanitário, no banheiro de uma festa, também há beleza no dia a dia afogado em prédios e lirismo numa poda de árvore.

"Será que um dia vão terminar de construir São Paulo?" A pergunta é adequada à própria Gaía. Não por acaso, a segunda parte, dedicada aos relatos de viagens, se encerra com um conto que evoca Martha Gellhorn, também cidadã do mundo. Na investigação desses palimpsestos que se reconfiguram a cada dia, a cada noite, esse livro encontra uma de suas âncoras — mas, ao contrário daquela que pesa a qualquer lugar e a qualquer hora, esta âncora é de uma leveza que deriva da objetividade com que Gaía escreve. Nada passa incólume por seus olhos acostumados à luz e à sombra.

Se ao final da leitura você conseguir se desorientar mais e melhor, observando-se enquanto perambula por calçadas, becos, pedras, montanhas, no Brasil e no mundo, este belo livro terá cumprido seu papel. Não de manual, que a boa literatura a isso não se presta, mas de possível farol para seguir caminhos por entre os "murmúrios da cidade imensa", como diz Gaía, em qualquer lugar.

Mateus Baldi

Mateus Baldi é escritora e jornalista. Mestre em Literatura, Cultura e Contemporaneidade (PUC-Rio), autora de *Formigas no paraíso* (Faria e Silva, 2022) e organizadora de *Vivo muito vivo – 15 contos inspirados nas canções de Caetano Veloso* (José Olympio, 2022).

Sumário

parte I
TÁ TODO MUNDO TENTANDO...

Cutucar uma coceira 17
Escrever 20
Fazer simbiose 24
Ler 28
Meditar 32
Podar 36
Prestar atenção 38
Ser gentil 42
Ter manhãs tranquilas 45
Ter um diário 48
Ter uma carreira 52
Usar batom vermelho 57
Ver filmes 61
Viver uma vida ordinária 65
Voltar a fumar 68
Dormir 71

parte II
TODO MUNDO

São Jorge, 1998 87
Kumily, 2014 91
Thiruvananthapuram, 2014 96
Gondwana, 2015 99
São Francisco, 2016 103
Tlacolula, 2016 106
Ushuaia, 2017 112
Salvador, 2024 123

parte III
011

Lá vou eu 139
Quimera 142
Modo de usar: festinhas de apartamento 145
Estação Consolação 149
Vão do MASP 153
Bela Vista 156
A Santa Cecília e sua lógica* 160
Hurricane 165

Cutucar uma coceira

Todos os dias eu acordo no mesmo apartamento e sigo mais ou menos a mesma rotina: acordo muito cedo, limpo a boca, faço xixi, me peso, me visto, passo o café, cozinho dois ovos, às vezes torradas, às vezes tapioca, às vezes cuscuz. Às vezes tomo chá também. Banho costumo tomar de noite, mas pela manhã faço o que hoje chamam de *skincare*, que é passar uns creminhos na cara. Às vezes escrevo; às vezes, não. Baixo podcasts de notícias enquanto me visto para ir à academia. Amo o ar fresco do jardim do prédio onde moro. Antes das nove, já estou trabalhando. Tem sido assim. Mas eu já tive outras rotinas, fui outra pessoa, tive outras manhãs.

Por exemplo, em Ushuaia (fala-se "ussuaia"), repartindo pedaços de pão caseiro com azeite e investigando mapas dos fiordes da Patagônia com um senhorzinho argentino que, ao longo de uma semana, uma manhã por vez, me convenceu a pegar o último barco para a Isla Navarino.

Vendo o sol nascer dourado pela janela do trem em algum lugar do Oregon. Em Brasilândia, MS, com meu avô

TÁ TODO MUNDO TENTANDO...

me animando a levantar da cama antes das cinco para pegar leite fresco na ordenha da manhã — a xícara dele com um dedinho de conhaque, a minha, com Nescau. No bairro San Lorenzo, em Roma, sentindo o cheiro das torradas queimadas no forninho enquanto eu, estupefata, olhava o pedaço de muralha romana nos fundos da casa. Tomando *rooibos* e comendo biscoitos, vendo os gnus azuis pastando ao lado da varanda em Gondwana, sul da África do Sul. Em um hotel cinco estrelas em Aguas Calientes, onde um fiozinho de água fria descia da montanha por dentro do meu quarto para alcançar o rio lamacento, no mesmo vale que os Incas olhavam de Machu Picchu. Surpreendida por uma boxer bebê na manhã do meu aniversário de 10 anos em Ribeirão Pires, com minha mãe ainda dormindo. Brava com mais uma manhã de neblina e garoa sem trégua em Corpach, no inverno das terras altas da Escócia. Ouvindo as preces da mesquita ao lado do hotel em Kanyakumari, para botar os pés no único lugar do mundo onde três mares se encontram (e onde, dizem, jogaram as cinzas do Mahatma). Comendo tapiocas com queijo e sucos de frutas em um barco a caminho do Xixuaú, em Roraima. Com suco de morango geladinho e pão com manteiga na chapa para espantar a ressaca em algum lugar da Praça da República. Com meu filho me chamando para sair do berço na casa onde moramos por pouco tempo, na Granja Viana — as melhores manhãs da minha vida. Sentindo cheiro de pão caseiro assando no forno da cozinha, no segundo andar de uma casa de trezentos anos, no Dorsoduro, em Veneza, a cidade mais linda do mundo (no inverno). Comendo torrada de pacotinho e chocolate quente de máquina em um hotel de beira de rodovia, sem charme e com cheiro de gasolina, como são quase todos os hotéis dos EUA. Com uma jarrinha de suco fresco das laranjas do Alentejo, em Évora, a cidade mais bonita de Portugal. Recebendo café preto, quente, sem açúcar e recém-passado, para tomar de dois em uma xícara só, vendo o sol tentar entrar pela fresta de uma janela no Centro de São Paulo.

A gente se adapta a qualquer lugar. Seja Durban, Glasgow, Carapicuíba, Porto, Trivandrum, Londres, Guatemala City, Palmas, Oaxaca, Liverpool ou São Francisco — onde alguma coisa no lençol do hotel, o mais barato da cidade e o único que eu podia pagar, me passou doença de pele.

De alguma forma, tudo isso, e mais, cabe aqui, neste apartamento onde vivo agora. Em cima da estante de livros, a mala azul que foi da minha tia aeromoça me vigia, insistindo que é preciso voltar a fazer as malas e criar novas histórias. Dentro dela, memórias que chamam de volta à vida, como a ansiedade de separação de um membro fantasma.

Escrever

Existem dezenas de livros sobre escrever de gente que realmente escreveu muito (e bem!) na vida. Acho que metade da graça de falar sobre escrever tem menos a ver com a dificuldade da prática (tem uma frase ótima da Cheryl Strayed sobre isso) e mais com o fato de que botar pensamentos, memórias, ideias e histórias no papel tem algo de mágico. É inevitável pensar em como os outros escrevem e, uma vez confortável com a prática, tentar passar adiante um tanto do

> *"Writing is hard for every last of us – straight white men included. Coal mining is harder. Do you think miners stand around all day talking about how hard it is to mine for coal? They don't. They just dig."*
>
> "Escrever não é fácil para ninguém – inclusive para homens brancos heterossexuais. Minerar carvão também não é fácil. Você acha que mineiros passam o dia falando sobre como é difícil trabalhar na mina? Não. Eles simplesmente cavam."
> [Tradução da autora]

parte I

que se aprendeu, numa mistura de generosidade com egolatria. A outra metade da graça também está na inexistência de uma fórmula universal. Existem tantos conselhos para escrever quanto existem escritores e suas obras: escreva de manhã, escreva de tarde, escreva a noite toda, escreva à máquina, escreva no papel, escreva no Scrivener, escreva bêbado, tome café, agrade sua musa, faça um pacto com o diabo.

Daqui do alto da minha parca experiência, acredito que só existem três pontos inegociáveis para quem quer escrever, profissionalmente ou não.

Primeiro, para escrever é preciso ler muito e sempre. Ter amor e interesse genuíno pela leitura. Não estou falando de ler os clássicos (que são clássicos por bons motivos, e tentar lê-los nunca é desperdício de tempo e esforço, vai lá), mas de ler com motivação sincera, por prazer.

Segundo, desculpa a obviedade, mas para escrever é preciso escrever mesmo. Literalmente. Ninguém vai fazer isso por você. Tem que insistir, cavar um pouco a cada dia, ter comprometimento com a escrita, de preferência todos os dias e aos domingos também. Escrever é como praticar um esporte ou desenhar: só se aprende fazendo.

Terceiro, é preciso baixar a guarda e permitir que outros leiam o que você escreveu. Isso vale tanto se você quer ter um blog quanto se você quer tentar escrever um livro. Tenha uma pessoa próxima que possa ler e dar conselhos, fale com ela sobre a sensação que o texto passou ou deixou de passar, ouça críticas.

Talvez esse terceiro conselho nem seja necessário, falo só da minha experiência. Mas o primeiro e o segundo, tenho certeza, são inescapáveis.

Há mais, claro. Faça cursos, tente reescrever textos dos quais você gosta, tente escrever em diferentes vozes, crie sua rotina, busque de forma incansável o seu estilo próprio. Evite clichês, adote clichês. Escreva até estar confortável (mesmo que jamais plenamente satisfeita) com o que escreveu — é quando você vai saber que encontrou sua voz, sua expressão pela palavra. Essa é a coisa mais importante que há, todo o resto é jujuba.

Eu escrevo em vários momentos, mas a melhor hora — a hora boa — é de manhã bem cedo, logo após tomar café e antes da agenda do dia começar. Funciona pra mim porque ainda não estou distraída com outras coisas, e, depois que escrevi (umas páginas de diário, um parágrafo de reportagem, um começo de crônica, um trecho de livro) sinto uma sensação de missão cumprida parecida com a que a gente sente depois de fazer exercício, o famoso "tá pago". Esse compromisso com escrever diariamente, sem esperança nem desespero, me faz um bem danado.

Não sei explicar bem por que e nem quando comecei a escrever. Minha mãe diz que eu era uma criança quieta, que gostava de ficar no quarto com meus livrinhos e minha vitrola — envelhecer tem essa coisa meio surreal de nos tornar quem sempre fomos, disse o Bowie. Não me lembro disso. Me lembro de escrever diários na adolescência, muitos, sempre como forma de botar pra fora a angústia de crescer sem entender nada do mundo e de ter espaço para supervalorizar meus dramas. Depois comecei a escrever sobre música por incentivo de amigos. E apenas fui ficando, aprendendo a encontrar espaços onde eu pudesse ganhar um troco em troca de umas palavras bem colocadas. Uma hora entendi que escrever é a atividade remunerável na qual vou ficar melhor conforme os anos forem passando. Além do mais, é charmoso.

Mas escrever pode ser maçante, solitário e cheio de inseguranças. Essa qualidade neurótica e autocentrada da escrita acaba por tornar as pessoas que escrevem meio insuportáveis — tenho alguns amigos escritores que são pessoas adoráveis e divertidas, mas só alguns. A questão é que, se mesmo tentando evitar, passando perrengue financeiro e cercando-se de pessoas meio difíceis, você não consegue parar, é porque você nasceu para fazer isso mesmo. Aceite.

Há uns meses, depois de sair de um trabalho corporativo, passei umas semanas em um tipo de sabático *express*, lendo, escrevendo e me desintoxicando do ambiente onde estive imersa por mais de dois anos. Sempre que pensava no que queria fazer, a resposta era escrever. Escrever o quê? Muita coisa! Crônicas, o romance que enrolo há uns cinco anos, contos curtos. Coisas. Claro que tenho ideias, que reparto com uns dois, quem sabe três amigos, porque há tempos aprendi a deixar meus planos, sobretudo os bons, guardados comigo e só me abrir com quem merece. Guardo os planos até começar. De vez em quando, não começam, porque às vezes as ideias vão ficando rarefeitas na rotina até sumirem por completo.

É uma pena, mas é o que é. A beleza disso é que outras ideias sempre surgem. Tá aí a graça, acho: para quem escreve, existe uma fonte que nunca seca.

Fazer simbiose

O apartamento era pequeno e escuro, não mais que um corredor. Ela empurrou a porta, forçando a entrada. A avó sempre dizia que porta fechada é sinal pra não entrar, mas ela fez que não importava e empurrou o peso contra a madeira, abrindo primeiro uma fresta e, aos poucos, criando uma passagem apertada.

Do outro lado, o escuro escondia uma pequena trilha, entre a floresta crescida dos vasos de planta abandonados que ninguém lembrou de podar e que tinham tomado conta das paredes, do que havia sido mobília e objetos, do teto, das janelas, dos espaços sujos abertos no chão de taco. Flor nenhuma, sol só de relance, água muita, terra suficiente para sustentar uma massa de folhas, galhos retorcidos e trepadeiras crescendo sem controle.

Existem folhagens que são capazes de crescer com quase nada, e uma hora a mistura de folhas mortas lhes serve de alimento. Existem plantas capazes de abrir buracos nas folhas para deixar o sol passar para que outras se alimentem da luz, quando ela vem. Existem plantas que crescem rígidas para cima, como espadas. E plantas que se espalham, macias, na horizontal, fazendo mantas no chão. Todas buscam a mesma coisa: espaço.

Ela não precisava entender de vida vegetal para achar um caminho, saber detalhes sobre como elas cresciam ou do que precisavam. Podia ignorar a biologia do solo e a rotina de luz porque sabia que, na marra, era possível abrir passagem e ir avançando, um passo de cada vez.

Fechou a porta atrás de si, ignorando instintos e fazendo pouco caso de conselhos. Pisou os dois pés ao mesmo tempo, depois um de cada vez, seguindo a trilha por dentro do apartamento abafado, escuro e triste, num prédio feio, numa parte morta da cidade.

A trilha seguia sempre cheia de curvas, às vezes a obrigando a andar abaixada, sempre impedindo a visão do que havia lá na frente, sempre escondendo o que havia dos lados. Após alguns passos, também já não era possível enxergar com clareza o que tinha ficado para trás. Ela desviava de galhos e espinhos, encaixando o corpo como dava no espaço que aparecia, pegando de relance partes pequenas do céu. Às vezes precisava engatinhar, ralando as palmas das mãos e os joelhos na terra do chão, escura e malcheirosa, misturada a pedaços de tecido, chorume, restos de embalagens plásticas, chumaços de cabelo, tocos de ossos, borras de café. Se achou perdida, à deriva no escuro, numa imensidão de folhas, lama e musgo. Mas era preciso continuar.

Tentou subir num galho para ver se enxergava algum caminho por cima da copa das árvores. Difícil, porque tudo tinha musgo demais, alguns galhos tinham espinhos demais, tudo escorregava ou feria, mas ela era leve e ágil, e agarrou-se a um galho, apoiou o pé direito em outro, apoiou as costas em mais um e foi subindo sempre devagar, mas sempre buscando ar fresco. Quando o galho não sustentou o peso, ela caiu, e a queda mostrou o caminho: ali na frente, só mais uns metros, tinha trilha de novo.

Tinha? Parecia um caminho quentinho, confortável, estável, familiar, seguro. Ela estava tão acostumada com a lama, o escuro e as plantas, com o verde-escuro, com o sol que só aparecia às vezes, que até acreditava que os ossos na lama talvez não fossem tão ruins. Quem sabe se fosse em frente, só um pouco mais em frente, não pintaria um caminho de verdade, uma viagem, uma única memória que fizesse a travessia valer a pena? Ou, quem sabe, ela mesma se tornaria uma planta de alguma forma — e não são todas as plantas algo bom? Mesmo as mais rasteiras, as daninhas, as venenosas, mesmo as que dependem de sugar energia de outras, mesmo as que escondem cabelos, e ossos, e vísceras, e merda, não são elas capazes de transformar tudo em matéria para continuar vivendo apesar do escuro, apesar do inóspito, apesar do abafado? Podia não ser assim tão ruim, não se tivesse sol de novo lá na frente.

Ainda que claustrofóbica, a trilha ia em frente, sem ela notar que dava voltas, que as plantas mudavam de posição e escondiam bem os passos repetidos. E parecia que estava subindo, mas na verdade estava descendo; parecia que estava indo para a direita, mas na verdade estava indo para a esquerda, parecia que estava indo em frente e na verdade estava voltando, e parecia que ia dar sol — mas não deu. O que deu foi um barranco.

Uma pedra, ou um osso, ou uma raiz mais grossa, algo atravessado no meio da trilha puxou seu pé e, com um puxão só, provocou um tombo para a frente: uma longa queda. No lugar do sol, pernas arranhadas, hematomas, alguns dentes a menos também. Um escorregão. No lugar do conforto da manta de folhas do chão escuro, um baque surdo numa terra agora seca, dura, vermelha e rachada. Um ambiente novo, árido, inóspito. Mas aberto. Nenhuma porta impedia passagem ou planta em associação simbiótica de proporção desigual consumindo energia. Só o céu, o vento, o sol forte e todos os ossos inteiros.

Ler

Recentemente, uma amiga pediu ajuda para "ler mais". Não é a única: ando espantada com os relatos de amigos ao meu redor que não conseguem se concentrar na leitura. De fato, não existe fórmula, aplicativo, técnica ou reza brava que desperte a concentração e "faça ler", assim, sem esforço. Leitura é um hábito como qualquer outro e, se na infância e adolescência ele vinha fácil, é porque seu ambiente permitia. Você perdeu o hábito porque a vida acontece, e você, em algum momento, parou de dar importância para a leitura.

E piora: você não vai voltar a ser como já foi, porque o tempo muda tudo, inclusive nosso gosto por livros. Não dá para trazer uma resposta que resolva o quase-desejo de voltar a ler, mas dá para perguntar: por que você acha que tem "problema" para se concentrar em livros e não tem esse "problema" para se perder em redes sociais? Se você respondeu "porque ficar *scrollando* o Instagram dá menos trabalho", está no caminho certo para responder à

parte I

gaía passarelli

questão. Ler exige mesmo algum esforço, e está aí a graça. Começando por escolher a leitura — porque às vezes não basta ler, é preciso garantir certa performance e mostrar o que está lendo, para então guardar os biscoitos no armário da insegurança alimentada por aprovação externa. E, uma vez escolhida a leitura, bom, aí tem a parte chata de ler mesmo, se concentrar numa atividade solitária.

A resposta chata à questão "como ler mais" é parecida com a resposta de como escrever melhor, fazer exercícios físicos ou praticar meditação: é preciso fazer. Odeio isso, mas é real, então pare de achar desculpas; se você quer fazer, vá lá e faça.

Mas existe uma mistura mais gentil de respostas, temperada com força de vontade: é preciso ter paixão pela leitura. Ter preferência honesta pela leitura no lugar de outras coisas, de forma que o momento de ler não seja uma batalha pela concentração, mas uma horinha (ou duas, ou três) de prazer, aprendizado, desligamento, escapismo.

Para ler mais, veja bem, é preciso gostar de ler.

Existe uma percepção geral de que estamos todos lendo pouco — estamos? Só posso falar da minha bolha: no meu mundo, todo mundo lê, todo mundo adorou

> • • •
>
> Segundo a 4ª edição da pesquisa *Retratos da Leitura no Brasil*, desenvolvida pelo Instituto Pró-Livro, Itaú Cultural e Ibope Inteligência, com dados de 2019, "o brasileiro tem uma média anual de 4,96 livros lidos por habitante. Desses, apenas 2,43 são lidos do começo ao fim." Fonte: EQUIPE. **Acesso à leitura ainda é desafio no Brasil. Como formar mais leitores?** Pró-Saber São Paulo, 9 mar. 2023.

TÁ TODO MUNDO TENTANDO...

Torto arado (Todavia, 2019) antes de ser modinha, todo mundo assina clube de leitura, e ler ficou tão popular quanto fazer musculação. Amo minha bolha, ela é ótima.

Eu nunca precisei redescobrir quanto gosto de ler. O prazer que tenho em ficar horas imersa na voz, visão e experiência do outro, vivendo, de algum jeito, a vida de outra pessoa... Esse prazer nunca me abandonou. Mas também sei que sou exceção. Sou escapista e fui uma leitora voraz quando criança e adolescente. Na minha casa, tinha a revista *Mad* e clássicos de gosto duvidoso, como *Carmilla* (novelinha gótica do irlandês Sheridan Le Fanu, que li umas vinte vezes). Também Jorge Amado, Dorothy Parker e Salinger. O ambiente onde você cresce é essencial nos hábitos que você desenvolve ou perde, e não sou exceção: a primeira vez que li Herman Hesse ou Zadie Smith foi a partir de presentes da minha mãe (*Demian* e *O caçador de autógrafos*). Já meu pai ficou entusiasmado quando me viu na cozinha com aquela antiga edição de capa verde de *Cem anos de solidão* (Record, 1977) e quis desenhar a árvore genealógica dos Buendia num papel para me ajudar na leitura. Minha casa era de leitores de ficção variada, influência altamente benéfica na minha formação cultural e na da minha irmã, outra pessoa muito leitora.

Ter livros à disposição fez muita diferença, mesmo que não tenha vindo de um lar especialmente intelectual, como pessoas de famílias de professores, jornalistas ou escritores. Mais importante que a disponibilidade foi enxergar o afeto com livros na imagem da minha mãe ou do meu avô (que amava os cronistas brasileiros dos anos 1960-1970), verdadeiramente cativados e concentrados em suas páginas nas tardes de domingo, depois de almoçar, ou nas noites, antes de dormir. Essa leitura cotidiana e tranquila deles me fez ver desde cedo o livro como um lugar de conforto, e não uma tarefa a ser cumprida. Sigo confiando nesse conforto, e ainda hoje é por isso que leio: porque gosto muito, ler faz com que me sinta sã.

Como ler mais, então? Escolha algo que te desperte interesse honesto, seja putaria ou filosofia, ou quem sabe uma mistura marota dos dois. Abre a página, deita os olhos e vai lá: uma palavra após a outra, uma linha de cada vez. Quando vê, já foi um parágrafo, depois uma página inteira. Passa pra próxima e vai. Pode ser livro com muito diálogo, com letras grandes, com desenhos. Pode ser livro curtinho. Pode ser livro de autoajuda. Se distrair ou parar de entender é normal e até esperado, não é privilégio único e exclusivo seu. Quando isso acontecer, não se desespere, segure o ímpeto banal de olhar o celular, volte umas linhas ou parágrafos e recomece — eu, bem pisciana, me perco centenas de vezes por livro, e não raro volto páginas inteiras! Uma coisa muito boa da leitura, como pensamentos impróprios, é que ela acontece apenas dentro da nossa cabeça e não é uma competição. Ninguém vai saber se você reler oito vezes a mesma página. É você com você. Ler não é uma atividade gregária. Talvez por isso, quem lê mais e melhor é quem não tem muito problema em ficar sozinho.

Então, como ler mais? Leia para satisfazer a sua vontade. Esqueça performance. Sem desejo não há leitura possível.

Meditar

Estou no jardim da casa dos meus avós, uma casa na montanha que não existe mais. Somos eu e minha tia, as duas sentadas, com as costas retas, em um cobertor felpudo vermelho por cima da grama verde, na sombra dos pinheiros da casa do vizinho. Ela conduz: "Coloque as pernas cruzadas na frente do corpo, feche os olhos, ouça sua respiração e imagine que está em um lugar bom e tranquilo, em paz. Imagine que está no seu lugar preferido". Fico confusa e abro um dos olhos para dizer: "Mas eu gosto daqui, não posso me concentrar em estar aqui?". Ela ri. "Sim, é isso mesmo, é essa a ideia."

***

Estou em uma festa. Todo mundo está rindo e dançando, todo mundo está feliz apenas por estar ali, por estarmos uns com os outros, mesmo que em uma pista com pouca luz, em um galpão meio feio. Não importa. O que faz qualquer

parte I

festa são as pessoas, e essas estão satisfeitas com as batidas que saem das caixas de som, com suas próprias vozes e risadas. Somos todos muito jovens, muito bonitos e muito especiais, motivados por misturas químicas que as outras pessoas, as pessoas lá fora, ainda não conhecem. Às vezes, a configuração pista escura + som alto é suficiente para que eu encontre meu lugar feliz.

Mas agora, por algum motivo que vou levar anos para poder articular, tudo me incomoda. A âncora dentro do meu peito me impede de relaxar e sentir o que quer que seja que todo mundo parece sentir. Eu também sou jovem, também sou linda, mas tenho a âncora, e, mesmo que na maior parte dos dias consiga carregá-la sem maiores problemas, às vezes ela fica pesada demais, absorvendo toda a insegurança do ambiente a ponto de que até o gesto mais banal se torna impossível. Cada tentativa de palavra com alguém ou de movimento na direção da pista de dança parece errada. Eu sinto tudo errado. As pessoas vão deixando de falar comigo e de olhar para mim, e existir nesse momento e lugar fica pesado demais. Me tranco em uma cabine do banheiro e, sentada, com as pernas cruzadas por cima da tampa da privada, me lembro da minha tia, do gramado, do lugar bom que identifiquei na infância e que precisa estar em algum lugar. Mas a música é alta e faz calor demais, meu peito sobe e desce de um jeito que não consigo controlar, e não sei quanto tempo passou quando estou debruçada para a frente, babando com a cabeça apoiada na porta do banheiro que treme com as batidas de alguém do outro lado, querendo saber se estou bem. Tenho vontade de abrir a porta e abraçar quem quer que esteja do outro lado, quem sabe o cobertor quentinho na sombra dos pinheiros esteja ali, naquela voz. Abro a porta e sorrio, dizendo que está tudo bem, sim, claro, obrigada por perguntar, vou voltar para a pista. Passo o resto da noite sentada no chão do estacionamento do galpão, entre um Fiat branco e uma parede suja, onde faz silêncio. Sei que vai passar, é questão de tempo. Sei também que cocaína é a única coisa que faz essa âncora levantar rápido.

***

As ruas da Santa Cecília, que passei a habitar permanentemente há poucas semanas, são as mesmas dos meus 13 anos, quando circulava com outros estrupícios como eu entre o Espaço Retrô e o Madame Satã, entre a Praça Roosevelt e o Senhora Krawitz. Hoje, ando entre açougue e bar, mercado e café, manicure e o sushi semanal. Tenho uma vida adequada para a mulher que me tornei, solteira e com filho, a Mulher com Mais de Trinta Anos que Já Passou por Várias Barras das histórias do Caio Fernando. Ainda sou, eu sei, uma mulher para quem as outras mulheres olham. Os homens, cada vez menos, mas eu também me importo cada vez menos com os olhares deles.

A âncora ainda está aqui, sempre estará, às vezes mais pesada, às vezes menos. Pode começar a pesar em qualquer lugar e a qualquer hora. Dessa

> •••
>
> A história desta Mulher encontra-se no conto **Os companheiros**, do livro *Morangos mofados (1982)*, de Caio Fernando Abreu, escritor gaúcho nascido em 1948 e falecido em 1996.

gaía passarelli

vez, é na mesinha do café do bairro. Nem sempre sei qual é o gatilho, mas sei que vem aí quando sinto o corpo gelado e formigando. Ouço de longe a voz do rapaz do café me servindo um cappuccino com leite de aveia. Agradeço com um sorriso, mas tenho vontade de explodir. Não consigo sequer pegar minha bolsa, apenas levo o celular na mão e saio na rua. Quero sol e silêncio, mas encontro o céu nublado e o barulho da obra ao lado — será que um dia vão terminar de construir São Paulo? A galeria de arte nos fundos do café, a loja de arranjos de flores "instagramáveis", a boutique de roupas geométricas caras: a gentrificação não protege uma família de montar acampamento aqui toda noite, depois que as lojas fecham, improvisando uma casa temporária com lonas pretas e carrinhos de mercado. Um inferno de cidade que nunca fica pronta.

TÁ TODO MUNDO TENTANDO...

Podar

A única parte boa de envelhecer é que a gente cresce. E para crescer bem, no sentido de crescer forte e saudável, é preciso podar. Botar fora o que não serve mais. Aparar arestas, cortar tudo que é excesso, dar novo uso ao que atrapalha, tirar do caminho aquilo que consome nutrientes e impede o crescimento.

Olhando de fora, parece até um passo para trás — olha lá, a árvore tão grande, tão alta, tão bonita, com tanta história, com tanta sombra. Como ter coragem de cortar esses galhos?

Acontece que as coisas mudam, e depois vem chuva, vem vento, e a árvore alta demais, com braços finos demais, fraca demais, com raízes rasas demais não se sustenta. Ela cai, ela quebra, ela causa transtorno, ela leva um tempão para crescer de novo. Às vezes, ela morre antes e nem cresce mais.

Por isso, a poda.

E, depois da poda, toda a madeira cortada e as folhas

parte I

gaía passarelli

secas voltam para a terra, adubam futuras árvores, alimentam fogueiras. Pra tudo tem uso.

Há umas semanas, uma equipe da prefeitura apareceu por aqui podando as árvores da minha rua. Levou vários dias, e, de dentro de casa, todas as manhãs, eu escutava a serra.

Sempre que vejo alguém cortando árvores em São Paulo, sou tomada de certa agonia: a expectativa é ver a árvore transformada em toco morto.

Dessa vez, não.

O moço subiu na árvore preso por um equipamento de segurança, usando capacete e com uma serra comprida, algo como um cabo de vassoura com uma serra Makita na ponta. Sentou-se numa junção segura de tronco e galho e levou a serra na direção do que precisava sair.

Ao redor dele, outros trabalhadores acompanhavam o trabalho, gritando pra ir mais pra cá ou mais pra lá e fechando a rua pra evitar acidentes — vai que, nessa coisa de podar, algum desavisado acaba tomando um galho de árvore na cabeça?

Não sei por que o serviço veio agora. Na minha imaginação, tem a ver com a chegada da primavera. Esta primavera que chegou há dois meses e que tem sido meio estranha: foi em setembro, mas parece que faz uns três anos, e tanta coisa ainda precisa mudar antes de encararmos outro verão... Você sente isso por aí? As árvores sentem. E, uma vez podadas, têm a motivação irrefreável de voltar a crescer.

TÁ TODO MUNDO TENTANDO...

Prestar atenção

Nossa habilidade de prestar atenção está em colapso. Abrir o celular para fazer algo específico, como ver as horas ou responder a uma mensagem, e ficar cinquenta minutos presa em um loop entre Instagram/TikTok/WhatsApp. O mundo real, palpável, com seus sons, seus cheiros, suas imagens e seus compromissos, é uma névoa. Pode acontecer no caminho para o trabalho, vendo um filme em casa, no meio de uma refeição, em uma mesa de bar com amigos. Pode acontecer até quando não deveria, no meio de uma viagem, durante uma DR, na hora de dormir. Todos os dias nós perdemos essa meia hora várias vezes fazendo... o quê? Às vezes, você até percebe e decide interromper ou continuar, mas aposto que, na maior parte do tempo, você nem se dá conta. A luz azul do celular é um exemplo óbvio, porque é a distração mais presente de todas, mas não é só isso. Tenho certeza de que você acha difícil chegar até o final de um texto escrito, como uma página de livro. Não por acaso as plataformas estão o tempo todo empurrando

parte I

para você vídeos curtos que exigem nenhuma capacidade de concentração e de abstração. Você não consegue mais ir até a padaria sem olhar algum app no meio do caminho. Esquece o que a sua amiga falou há dois minutos. Se irrita quando alguém fica no celular enquanto você está falando, mas faz a mesma coisa. Durante anos, nós brincamos que "ai, tenho TDAH" (aliás: Transtorno do Déficit de Atenção com Hiperatividade é uma condição real e não tem nada a ver com estar distraído, espero que você já tenha deixado esse capacitismo pra trás), mas é só olhar pro lado pra constatar que, sim, há uma crise de pouca atenção.

A boa notícia é que não é só uma sensação, e você não está enlouquecendo. A má é que vem piorando. De acordo com o pesquisador inglês Johann Hari, no livro *Foco roubado: os ladrões de atenção da vida moderna* (Vestígio, 2023), você realmente está perdendo a capacidade de manter a concentração. Mesmo quando você quer se concentrar. Mesmo quando você precisa. E o computadorzinho de mão que ainda hoje chamamos de "telefone" é só uma parte do problema. Claro que isso não é bom, eu quis apenas usar a comparação para realçar a parte realmente ruim: isso está acontecendo com toda a nossa sociedade.

Tá todo mundo tentando prestar atenção — e não conseguindo. Estamos vivendo um processo coletivo de perda de atenção que ninguém sabe direito se é possível parar ou quais consequências terá e, segundo Hari, perder não é o termo correto. Estamos tendo essa capacidade roubada, deliberadamente ou não, por mudanças na sociedade que vão da interface de aplicativos à cadeia de distribuição de alimentos.

TÁ TODO MUNDO TENTANDO

Questionado em entrevista ao analista de mídia Peter Kafka, do podcast *Recode*, se nossa aparente capacidade de *multitasking* não é uma prova de que essa capacidade de concentração está não diminuindo, mas talvez mudando e melhorando, Hari é taxativo: não. E apresenta uma porção de estudos para confirmar, já que ele conversou com mais de 250 dos principais especialistas em estudo de atenção em universidades de todo o mundo.

> ●●●
>
> Você encontra como *Recode Media with Peter Kafka* nos principais serviços de streaming de áudio

É nessa parte do papo que eu mesma me perco e paro de prestar atenção, apesar de ter interesse no que o entrevistador e o entrevistado estão falando, apesar de estar interessada em questões de atenção, apesar de me identificar com o tema. Mas estou, claro, ouvindo um podcast e fazendo outra coisa ao mesmo tempo — estou na academia e tenho que contar dezesseis repetições de um exercício que consiste em trazer uma barra de metal atrelada a um sistema de pesos até o meu peito e voltar esticando os braços, devagar, em sincronia com a respiração. Conto até oito, acho, e de repente pulo para algo como vinte e dois, e sei que está errado, porque meus braços não estão cansados, mas não sei, honestamente não sei quantas repetições do exercício já fiz. O que significa que vou começar de novo e fazer "o quanto aguentar", que é um conselho comum para novatos em musculação: faça quantas vezes conseguir. Enquanto estou lá no um, dois, três, quatro... doze? Meu cérebro já está me pedindo para abrir o aplicativo de audiolivros e procurar saber se o livro sobre foco roubado foi lançado. Puxo os pesos até onde consigo (algo tipo catorze, mas pode ser dezoito, não sei) e aproveito o intervalo, cuja duração ideal é de um minuto, para beber um gole de água e procurar a versão em áudio de *Foco roubado*, que, sim, existe e tem quase onze horas de duração. Enquanto confirmo a compra e configuro a opção de fazer o download mais tarde na rede wi-fi de casa, o autor continua falando no episódio do podcast e, sim, eu sei que ridículo é comprar um produto de áudio com mais de dez horas de duração, em dólar, sendo que não consegui me concentrar para ouvir a versão entrevista de quinze minutos, que é gratuita. Mas agora estou ocupada olhando meu reloginho que acompanha batimentos cardíacos durante o exercício, e enrolei tanto no que deveria ter sido um intervalo curto, que agora estou de novo em modo de aquecimento. Assim, minha sessão de exercícios, que deveria durar algo em torno de vinte minutos, não raro leva mais de uma hora.

O que, por outro lado, também significa mais tempo para ouvir podcasts. Inclusive, tive que ouvir duas vezes a entrevista, e ainda não abri o livro comprado por impulso. Aposto que você, que leu esta página sem prestar atenção, também não sabe bem do que estou falando. Comece de novo.

Ser gentil

Era 1994, talvez 1995. Na época eu tinha um Uno Mille branco, todo detonado e sem documento, que usava entre minha casa, na Vila Romana, e o trabalho, numa produtora web, uma das primeiras do Brasil, numa casa no Jardim América. O semáforo da João Moura com a Rebouças era parte do caminho — ainda está ali uma galeria de arte grande, cheia de obras em janelas.

Eu não fazia faculdade, e a vida, além do trabalho, era focada em meus amigos e festas longuíssimas que duravam fins de semana inteiros. E muita raiva. Eu sempre senti muita raiva.

Na pré-adolescência, essa raiva saiu na forma de surto e delinquência, e só na juventude comecei a aprender a expressá-la de outras formas: escrevendo, desenhando, dançando por horas numa caixa preta iluminada por luz estroboscópica. Ali quase ninguém falava, e a comunicação se dava por toque e movimento. Éramos todos jovens, éramos todos meio fodidos e éramos todos muito lindos também. Ali, a raiva foi dando lugar ao amor imenso pelos meus amigos e pelo meu namorado, que também dirigia o Uninho branco e nos levava para praias e montanhas, sempre só nós dois, às vezes só com o dinheiro da gasolina e nada mais.

Mas a raiva às vezes também dominava grandes turbulências, que podiam começar a qualquer momento e se arrastar por dias, tingindo as semanas com tons de angústia e desconexão. Naquela noite, talvez 1994 ou 1995, dentro do Uninho, na esquina da galeria de arte, era essa raiva que estava no meu rosto, olhando para o nada na direção do carro ao lado, onde uma mulher mais velha me encarava de volta, sorrindo, com as mãos no volante. Eu apertei mais os olhos, cerrando a boca e enrugando a testa. Ela tirou as mãos do volante, puxou os cantos do sorriso com os indicadores e esticou a boca até mostrar os dentes. Sorri de volta, espontaneamente, e ela riu comigo até o sinal ficar verde e eu partir.

Não lembro o que aconteceu com o Uninho. Quase tudo mudou. Às vezes, a raiva some por uns tempos. Mas ela está sempre ali. A diferença é que hoje tento, sempre que possível, temperar essa raiva com gentileza.

Há quem confunda gentileza com superficialidade, leviandade e ingenuidade. Não me importo. Sigo buscando um distanciamento tranquilo, um espaço para respirar, alguma catarse, física ou intelectual, que me permita extravasar quando necessário. Sigo valorizando manhãs tranquilas, temporadas de poda, sonhos e uma jogação leve.

Talvez seja isso. Talvez envelhecer tenha a ver com praticar a gentileza. Comigo, com as pessoas ao meu redor, com minhas histórias, meus desejos e minhas frustrações. Não é acaso que coisas do meu passado, anedotas desconfortáveis ou memórias quentinhas, estejam voltando agora que estou na segunda metade da vida: quem eu sou depende de quanto consigo lidar com aquilo que fui. Senão, o que sobra? Ninguém sobrevive impunemente. Ninguém sai daqui vivo.

Ter manhãs tranquilas

Entre sucessos e fracassos, há alguns anos abraço uma rotina que chamo de acordar cedo para me atrasar com calma.

É um gosto que não veio naturalmente. Sempre tive que lutar pra me acostumar a manter os olhos abertos quando gostaria de dormir mais meia horinha. Mas uma hora a chave virou, e entrei de vez no modo velha senhora: acordo sem despertador, não raro antes das seis.

Quando me tornei mãe, ali por 2004, dormir até tarde não era opção. Quem tem filho sabe: você dorme quando o bebê dorme. Como minha cria tinha o ritmo determinado pela luz do sol, fui emprestando o hábito de acordar a cada começo de dia. Dei umas escorregadas nos anos seguintes, retomei o bom hábito quando o moleque começou a estudar de manhã, depois perdi o ritmo de novo. E voltei, acho que em definitivo, ali por 2020. Não só porque por dentro eu tenho 95 anos, mas também porque minha rotina instituiu certo prazer em viver manhãs tranquilas antes de me lembrar do vagalhão de cada dia.

TÁ TODO MUNDO TENTANDO

É verdade que é gostoso estar acordada de madrugada, e é verdade que tive na vida períodos noturnos bem divertidos. Mas a organização da rotina como estratégia de saúde mental virou necessidade maior; então, por volta das seis, abro os olhos pra ver a antena laranja da Paulista pela janela, ouço os ônibus circulando na avenida e sinto a abstinência do café bater. Me levanto, me peso na balança mecânica do banheiro, boto roupa (durmo sem) e abro a porta para ver os gatos me esperando. Eles andam comigo pelo apartamento enquanto abro as janelas; bom pra arejar a casa sem o barulho e a poeira do horário comercial. Bebo água do filtro enquanto a Jezebel morde meu pé, boto a chaleira para ferver, coloco ração fresca, molho as plantas, acendo um incenso no altar — dependendo do dia, acendo uma vela também. Trituro os grãos de café no pequeno moedor manual que comprei tem uns dez anos e que continua funcionando como no primeiro dia. Com o café pronto, sento-me na mesinha azul, sempre com uma xícara grande e cheia, às vezes com caderno e caneta. A primeira xícara de café logo após acordar é tão satisfatória que raramente faço uma segunda. Fico com ela enquanto tento ler e escrever até dar fome, o que não demora — mas não forço. A idade mudou pra melhor minha alimentação, resultado de cozinhar todos os dias, e passei a me preocupar menos com horários: como quando sinto fome, um privilégio e tanto.

Para tentar evitar a desesperança, tenho exercitado lembrar ativamente algo bom que me espera no dia. Totalmente "gratiluz", e funciona, é uma forma de espantar a má vontade e ir em frente. Normalmente os dias não têm nada demais, mas eu invento. Pode ser aquele texto pra terminar, aquele livro pra começar, aquela aula pra assistir.

Talvez por estar escrevendo com liberdade de tema e com frequência diária, a ideia de me sentar na frente do teclado me empolga. Um amigo diz que não é possível que eu escreva tanto e não tenha um romance nas mãos. Querido: você está errado, é possível, sim, é tão possível, que é exatamente isso que ando fazendo — escrevendo sem critério ou motivo. Tirando os textos pontuais, encomendados, não tenho nem fim e nem prazo em mente. Escrevo só porque é um encontro com algo que me dá prazer sincero. Gostar de escrever agora não significa que será sempre assim. Segurança é ilusão. Mas serve como um bem-vindo lembrete de aproveitar o que se tem enquanto se é.

Ter um diário

Não lembro o momento exato em que comecei a escrever minha vida em cadernos. Sei que foi na infância: ganhei um daqueles caderninhos com cadeado e chave, de capa dura. A intenção era escrever os acontecimentos do dia e, claro, os segredos que meninas de oito anos carregam. Peguei o hábito. Acabei escrevendo em qualquer lugar. Qualquer caderno pautado se tornou um diário em potencial.

Lembro de, na adolescência, escrever em um caderno velho comprado em brechó, em um caderno basicão de papelaria de bairro, em agendas não usadas de anos passados. Esses não sobreviveram: um dia botei no fogo tudo que carregava e achava que me fazia mal, incluindo cartas, fotos e, sim, também os diários de uma vida que eu não queria reconhecer como minha.

Anos depois, quis imitar a protagonista da *A casa dos espíritos* (Bertrand, 2022), da Isabel Allende, e decidi concentrar minha escrita em grandes "cadernos de contar a vida". Isso foi depois que fui mãe, motivada pelo desejo de registrar o que eu já sabia que eram meus melhores anos, a felicidade de ver meu filho pequeno, de morar numa casa fora de São Paulo. Esses cadernos sobreviveram e ainda estão comigo numa caixa de madeira que carrego a cada mudança. Mas também esses oscilaram. Não é como se na época eu tivesse tempo para escrever todos os dias, tampouco sabia do que queria escrever. Passei longos momentos sem escrever nada ou escrevendo outras coisas, reportagens, roteiros. Nunca reli nada do que escrevi, nessa época ou em qualquer outra. Pra quê?

Tenho o hábito de escrever para sangrar e, como consequência, sei que quase tudo que escrevi nas sei lá quantas mil páginas guardadas na caixa de madeira são dramas repetidos: falta de dinheiro, crise profissional, paranoia pura e simples, coração partido, frustrações. E também algumas vitórias pontuais. Mais tarde, os cadernos de escrever a vida se tornaram cadernos de viagem: desses, sim, eu gosto muito.

Temas definidos, muita coisa útil como registros do que eu via pelo caminho e não queria perder, pensamentos para escrever depois, dicas de coisas para fazer, personagens que encontrei e que teria esquecido, não fosse esse salutar hábito de escrever todos os dias, mesmo cansada, na estrada. Esses cadernos se tornaram companhia, um hábito, sempre junto a uma caneta na bolsa ou em cima da mesa, para anotar algo sem pensar muito, mesmo quando parei de viajar. Eles são muitos e foram companhias em cafés e almoços — sempre gostei de almoçar sozinha com um caderno, ou um livro, ou os dois.

Neles têm de tudo: desabafos, lembretes, acontecimentos mais ou menos marcantes, listas de coisas para fazer, ideias de pautas, rascunhos de reportagens em evolução, anotações de trabalhos. São cadernos inconstantes, sem padrão algum, intercalando arroubos produtivos e semanas de silêncio. Renderam duas coisas: a descoberta de certo jeito para a crônica e, de novo, o hábito diário, esse que é o aliado mais importante de quem escreve.

Que pode ter começado quando eu era uma criança quieta em Ribeirão Pires, quando era uma adolescente que ouvia punk rock, quando era uma quase adulta obcecada por música e festas, quando era uma jovem mulher-mãe tentando escrever a vida em uma casa de vidro no meio do mato, ou a viajante que pegou trem em Kanyakumari e descobriu que nunca seria o Paul Theroux. Que passou por outros tantos momentos da mesma vida, até encontrar o tempo necessário, a voz, um formato, um jeito confortável de fazer a coisa — isso foi agora.

> Escritor estadunidense de literatura de viagem. Autor do clássico *O grande bazar ferroviário* (Objetiva, 2004).

Há alguns anos, assumi o compromisso pessoal de ter diários do jeito certo e sério: escrever todos os dias, mesmo quando não tem nada acontecendo, mesmo sem sair de casa. Me pareceu importante tentar registrar, como se isso desse sentido ao absurdo que vivemos. De novo ele: o hábito.

Passei a escrever sempre com a mesma caneta, num caderno do mesmo tipo, em contraste com os cadernos do passado, que são diversos e caóticos. É (mais um) jeito de tentar botar ordem. Quase sempre sei quando um texto sangrado no diário irá para o teclado. E sempre sei como eles, os textos, começam: existe essa coisa de receber uma inspiração súbita, que é quase sempre uma frase de abertura. Às vezes, ela fica. Mas nunca sei como acaba, aonde vai, se é que vai a algum lugar. Na vida também: às vezes, não vai a lugar nenhum, por melhor que seja o começo.

Ter uma carreira

Trajetórias profissionais são coisas engraçadas. Venho de uma família com poucos exemplos de carreira no sentido mais tradicional da palavra — aquela atividade profissional que você escolhe na juventude e segue desenvolvendo ao longo da vida, tipo médico, engenheiro, advogado, atleta ou artista. O que você faz define quem você é (não só no capitalismo tardio), mas vivemos num tempo em que se pode ser muitas coisas, e às vezes é preciso equilibrar vários pratinhos simultâneos. Não no sentido de dar vazão às capacidades humanas, mas de sobreviver, mesmo. É preciso fazer muito para garantir um pouco.

Além disso, vivemos em um tempo em que carreiras de fato se transformam: ou você progride, ou fica pra trás. Isso explica que jornalistas tenham que rebolar como *creators*, que profissionais de saúde gravem depoimentos fingindo entrevistas para podcasts a fim de publicar em redes sociais, que negacionistas da ciência ou da história ganhem coluna fixa em jornais de grande circulação e que pessoas aparentemente sem profissão sejam admiradas por saberem usar redes sociais.

Levei alguns anos para costurar o *patch* de "escritora" no meu uniforme. Escrever, bem ou mal, é o que faço. Em tempos recentes, andei escrevendo sobre coisas como mercado de créditos de carbono, música eletrônica noventista e projetos de tecnologia sustentável no extremo sul paulistano. Talvez seja minha forma de saciar curiosidades, de ocupar o espaço que faz a falta de educação formal. Ou talvez tenha sido o que me sobrou para fazer (ainda bem).

Seja pelo caminho que for, escrever se tornou carreira. E há alguns anos li de alguém na internet uma série de dicas (todo mundo ama dicas!) para "ter uma carreira". Vale para a escrita, mas vale para qualquer outra coisa.

Reescrevi de cabeça o que lembro, mas, se você quiser economizar tempo, dá para resumir assim: cuide do seu corpo, da sua cabeça, do seu dinheiro e de como gasta o seu tempo. Ninguém vai fazer isso por você.

Faça exercícios. Se você ainda não fez isso, coloque o exercício físico na sua rotina o quanto antes. Pode ser yoga, corrida, zumba, musculação. Pode ser em casa ou numa praça. Pode ser numa academia de bairro ou num estúdio de pilates de luxo. Pode ser calistenia com app gratuito no quarto ou hidroginástica na ACM. Pode ser todos os dias ou aos finais de semana. Existem muitas opções e formatos para quem quer se mexer. Infelizmente, existem também dezenas de motivos para enrolar a decisão. E, quanto antes você parar de enrolar, melhor para você, para o seu corpo e para a sua cabeça — consequentemente, para a sua carreira também. Ter uma rotina de exercícios físicos vai economizar dinheiro com plano de saúde, mas não só:

vai fazer você continuar em frente naqueles dias em que parece que nada faz sentido. E vai fazer você dormir, comer, respirar e transar melhor. Dizem que nossa cabeça precisa de três meses para entender a constância de uma atividade como hábito. Esse hábito é construído um dia de cada vez: primeiro uma semana, depois um mês, logo um bimestre, um trimestre, um semestre e, quando você vir, já passou um ano! É um trabalho de todos os dias e, se tudo der certo, pra vida toda.

Faça terapia. Desculpe o clichê, mas faça, sim. Eu não sei se você percebeu, mas viver no capitalismo tardio é uma barra. Passar por isso sozinho, tentando fazer sentido em um mundo violento, caótico e doente, é demais para qualquer um. Terapia pode ser caro, é verdade, mas existem opções: apps com a mesma mensalidade de um serviço de streaming, grupos com preços populares, aquele terapeuta amigo de amigo que faz preço de acordo com o que cada um pode pagar. Considere isso um investimento na sua saúde, um autocuidado, uma experiência de autoconhecimento — terapia é tudo isso e outras coisas mais. Existem diversas metodologias e formatos, e às vezes você não vai se dar bem de cara, mas faz parte do processo. Não desista.

Tenha um hobby. Ver seriado não é hobby — mas fazer filmes caseiros é. Ouvir música não é hobby — mas aprender um instrumento nas horas vagas é. Cozinhar pode ser hobby, se você não fizer profissionalmente ou por obrigação. Hobby é um esporte, artesanato, jardinagem, bricolagem, aulas de culinária, clube de vinho, sei lá. Até a escrita, se você não é profissional das letras. Um hobby é algo constante que dá prazer, que tira sua cabeça da rotina (e do trabalho) e a coloca em outro lugar. Um hobby pode ocupar uma hora por dia, uma tarde por semana. Pode ser individual ou coletivo. Mas tem que ser algo que faça você feliz, e vai te fazer muito bem.

Se afaste das redes sociais. Se isso não é possível por algum motivo profissional, tudo bem. Mas não deixe que o trabalho seja uma desculpa para deixar as redes sociais dominarem sua vida privada. É provável que eu nem precise dizer que redes sociais são um lixo. Já existem estudos mais do que suficientes para mostrar que são responsáveis por todo tipo de problemas, de ansiedade a desinformação política. O ator Tom Holland decidiu sair do Twitter e do Instagram, e tudo bem, já que ele não PRECISA disso pra divulgar trabalhos, mas quem sabe sirva de inspiração a tantas pessoas que também não PRECISAM disso na vida — acho chiquérrimo e quero ser uma delas. Se as redes sociais atrapalham sua vida, trate seu vício como vício. Controle quanto tempo você vai dedicar a isso por dia. Instale um cronômetro para controle. Procure ajuda. Não é razoável que uma rede social ocupe literalmente cinco horas do seu dia.

Leia. No Kindle, na tela, em papel. Livros, revistas, artigos, jornais. Ainda não inventaram nada melhor para a cabeça, e nem vão inventar. Se você escreve, a leitura certamente já faz parte da sua vida, e sempre fará. Mas leia também coisas que não estão na sua bolha imediata. Se você escreve ficção, leia poesia. Se você é ensaísta, leia fantasia. Se seu lance é crônica, leia longas reportagens. E, seja lá o que for que você escreva, leia os clássicos —

eles são muito mais legais do que você imagina, invariavelmente interessantíssimos, e podem vir nos mais diferentes formatos. Vale o clichê: clássicos não são clássicos por acaso.

Não se iluda (demais). Mas se iluda um pouquinho, sim. Sem ilusão a gente não se levanta da cama de manhã.

Evite quem suga sua energia. Talvez você tenha obrigações e responsabilidades com algumas pessoas. Talvez você possa escolher com quem tem obrigações e responsabilidades, talvez não. Mas você não pode estar disponível todos os dias, o tempo todo.

Tudo que escrevi anteriormente tem a ver com cuidar de você. Faça isso.

Usar batom vermelho

Não lembro quando comecei a usar batom vermelho. Tenho certeza de que é coisa de anos. Não pretendo parar.

Às vezes aplico direitinho, como ensinavam as revistas de maquiagem e beleza de antigamente: hidratando os lábios com *lip balm* (sem excesso), depois contornando com lápis na cor adequada e então preenchendo o contorno ao aplicar o batom com um pincel achatado, próprio para esse uso. Sei que hoje existem *primers*, preenchedores, tipos de lápis e incontáveis tipos de batom: mate, vitrificados, brilhantes, cremosos, levinhos, *blur*, preenchedor, com efeito *ombré*. Mas sigo meio básica.

Eu podia viver só com um único batom vermelho (seria o Ruby Woo), mas gosto de ter opções de texturas e tons — as opções são virtualmente infinitas entre o vermelho mais levinho, meio coral, bem mocinha; até vermelho-vinho-tinto-intenso de vampiro de filme *noir* dos anos 1940, passando por vermelhos sintéticos ultravivos que provavelmente não existem na natureza.

No dia a dia, aplico o batom direto na boca do jeito mais simples, acompanhando o contorno natural. Vale para dentro de casa: não é raro passar batom logo após escovar os dentes e passar creminhos no rosto, ainda pela manhã. Como trabalho em casa há muito tempo, essa rotina de me arrumar cedo como se fosse sair para a rua ajuda a estabelecer uma energia de começar o dia, mesmo que o trajeto casa-trabalho seja quarto-sala.

Fora esse batom, quase não uso maquiagem. Passo um pouco de rímel, mantenho a sobrancelha penteada, às vezes uso uma base leve. Sombra e blush, só se for de noite. Contorno facial, delineado nos olhos e técnicas mais sofisticadas de embelezamento temporário eu não encaro, só uso se entregar o rosto em mãos profissionais. Não é que não goste, pelo contrário, adoro. Só não tenho jeito, ou tempo, ou prática.

Um batom vermelho pode exaltar tanto uma aparência sadia quanto lembrar a Betty Boop. E nem o mais ferrenho defensor de *looks* naturais questiona que um bocão pintado de vermelho intensifica qualquer rosto. Mas há que saber usar, menos enquanto técnica de aplicação e mais enquanto estilo mesmo. Um batom vermelho em boca murcha é como um vestido no tamanho errado, um desconforto notável.

O hábito tem a ver com como me sinto ou quero me sentir. Atravessei uma fase particularmente desanimada, trabalhando em casa sem direção clara, incapaz de desgrudar a cara de telas. Ao mesmo tempo, escrevia. Sobretudo para mim mesma. Escrevo para fora há muito tempo, mas sentia falta de fazer isso de forma sistemática, de escrever para reencontrar meus interesses e minhas histórias, buscar ouvintes para aquilo que chamamos de "voz". Nos piores períodos, escrever me fez levantar da cama. Um jeito de estar presente. Passar o tal batom vermelho para dizer para o espelho que estou aqui: uma etapa do ritual de começar o dia, de usar essa voz, que é minha, sem me importar com o que ou com quem está ao redor.

Quando se torna um hábito, o batom vermelho pode se tornar um traço de personalidade, com tanto peso quanto olhos sempre delineados e certos cortes de cabelo (Chrissie Hynde, tô olhando você). O adjetivo mais comum é algo na linha "sexy", mas essa é uma descrição leviana para algo que exala energia de personagem principal. Adoro, acho lisonjeiro e agradável, mas não gosto de fingir que estou sempre pra jogo. Batom vermelho não tem necessariamente a ver com querer seduzir. É fácil confundir uma boca vermelha com uma boca disponível. Mas me pintar por escolha própria, dentro de casa, é algo como dizer que estou aqui para mim mesma.

Vocalista e líder do The Pretenders

Não é possível, acho, falar sobre como escolhemos aparecer sem mencionar machismo. Nós que habitamos corpos femininos somos particularmente propensas à expectativa de agradar, seja com sorrisos gentis, seja com o visual pensado para a satisfação do olhar do outro. Envelhecer nos próprios termos, assumindo meus cabelos brancos e meu corpo que muda, é uma forma de lutar contra isso. Usar meu batom vermelho, também nos meus próprios termos, é uma forma de mostrar que sei quem sou — às vezes é um convite, às vezes é armadura.

Ver filmes

Músicas e livros moldaram muito da minha personalidade. Mas meu maior amor sempre foi o cinema.

As lembranças que tenho da infância e adolescência, o jeito como meus gostos se moldaram têm muito a ver com o hábito da leitura (fui a primeira criança da minha turma a começar a ler sozinha, no prezinho!) e com os discos (mais tarde K7, CD, MP3, *stream*). No entanto, é inegável: foram as histórias formadas por imagens em movimento que influenciaram meu desejo de também contar histórias — primeiro na TV ainda em preto e branco da sala da casa dos meus pais, em Ribeirão Pires; e, mais tarde, nos cinemas (me lembro de ver ET no único cinema da cidade!).

Para quem, como eu, cresceu nos anos 1980, os filmes eram TUDO. Foi com o advento das videolocadoras de VHS e da cultura da fita pirata que entendi que havia muito mais do que as comédias de *Os trapalhões* ou as reprises de *Sete faces do Dr. Lao* das tardes da Globo. Consequência direta: quando tinha uns 12 anos, eu matava aula e inventava

TÁ TODO MUNDO TENTANDO

mentiras tipo "estudar na casa da amiga" para ir ao cinema sozinha. Quase sempre no Belas Artes, que era fácil de ir de ônibus — na época, já morávamos em São Paulo, numa Vila Madalena em que a Mercearia era uma mercearia mesmo. Descobri, depois, a Sala Cinemateca (hoje, CineSala), onde vi *Asas do desejo* numa tarde de terça-feira. Mais tarde, vieram o CineSesc, o Bijou e outros "cineclubes", espaços com programação de lançamentos e clássicos, normalmente com ingressos baratos e onde nunca me pediram RG para entrar — ah, os anos 1990!

Essa dieta de cineclubes, videolocadoras e programas como a faixa de filmes da Mostra Internacional de Cinema na Rede Cultura me levou a clássicos europeus (Pabst), comédias estranhas (Almodóvar) e anti-heróis cativantes (Truffaut). E, um dia, essa dieta deu lugar a sessões chapadas na frente da tv a cabo (saudades, TCM!) e paradas na Blockbuster toda sexta-feira para escolher os filmes do fim de semana — na época, um namorado com bom gosto para filmes me educou na fina arte dos diálogos do Billy Wilder.

Fiz carreira escrevendo sobre música, depois sobre viagens, mas o único tipo de escrita que realmente estudei foi a crítica de cinema — obrigada, Pauline Kael e Muniz Viana! Quase ninguém sabe disso, mas houve uma época em que fiz uma porção de cursos na antiga salinha de aulas do anexo do Espaço Unibanco (hoje, Itaú), na Augusta, e um ano inteiro do curso do Inácio Araújo, o essencial crítico da *Ilustrada*. Não sei como é hoje, mas na época o Inácio abria uma turma por ano, e tinha fila de espera. O grupo se reunia de manhã e via os filmes numa sala de aula improvisada no apartamento dele. Ali eu vi, por exemplo,

parte I

High Noon e *O encouraçado Potemkin*, filmes do Douglas Sirk e do Akira Kurosawa. Uma vez por semana, eu dirigia de Cotia até Santa Cecília, de manhã cedo, para ver os filmes e ouvir o professor explicando como eram e porque eram ou deixavam de ser uma coisa ou outra — e fui aos poucos entendendo que escrever sobre eles não era o que eu queria. Eu queria saber mais, sim. Mas, principal e simplesmente, queria vê-los. Viver por algumas horas o que estava na tela, participar de todas aquelas vidas que não eram a minha.

Não vi todos os filmes. Ninguém viu. Mas vi muitos dos grandes, alguns várias vezes. Assim como acontece com os livros, a lista de coisas ainda a conhecer e entender é enorme, e nunca para de crescer. Continuo vendo filmes, às vezes mais de um por dia. Filmes bons e ruins, velhos e novos, asiáticos e norte-americanos, europeus e latinos, comédias e horrores, com atenção ou divagando, para me emocionar ou só para passar o tempo. O escapismo me traz tranquilidade. Revejo filmes velhos com o namorado, dou chance a novidades no Mubi, tenho a alegria de mostrar filmes importantes para meu filho que, aos 18 anos, se interessa por filmes que têm algo a dizer. E vou bastante ao cinema, porque nada substitui a experiência compartilhada da sala escura, cheia ou vazia.

Em anos recentes, acompanhei as explosões emocionais dos jovens aos filmes de super-herói, chorei junto aos companheiros de sessão durante a morte do Dobby em um filme do Harry Potter. Vi *Urubus*, em 2023, numa sala lotada de pichadores que aplaudiam, gritavam e respondiam aos acontecimentos mostrados na tela. Explodi de dar risada quando, no acender das luzes após *Cocaine Bear*, alguém comentou em voz alta: "Cinema, né, galera?". Isso funciona também no streaming, claro. Mas há algo nas interfaces, no excesso de títulos e canais, que atrapalha ao invés de ajudar. Uma paralisia de escolha. Me sinto de novo no corredor de uma Blockbuster monumental, tentando escolher três filmes para o fim de semana e sentido a porrada da ansiedade quando o balconista fala "Se você levar mais um, o quinto sai de graça".

Curiosamente, durante o período em que morei na Avenida Paulista (a região do Brasil com a maior concentração de salas; são mais de quarenta entre o Shopping Paulista e o Belas Artes, incluindo os da Augusta), fui pouquíssimo ao cinema. Estava vindo de uma overdose de filmes do MCU que me causaram enjoo de tela grande. E teve a pandemia também, que acelerou as mudanças do streaming e nossa própria relação com o ato de ver filmes — eles se tornaram obras divididas em capítulos menores (*Fleabag*) ou sagas para ver semana a semana (*Game of Thrones*).

É tudo válido. Mas amo o EVENTO cinema, como as estreias simultâneas de *Barbie* e *Oppenheimer*, em 2023, que monopolizam a cobertura cultural. Amo acompanhar as estreias, descobrir tesouros escondidos em listagens de sessões. Tanto é que, em homenagem à jovem Gaía cinéfila do passado, voltei a tirar férias durante a Mostra Internacional de Cinema de São Paulo, em outubro, para entrar em sessões sem saber sequer a sinopse do filme — um grande barato que tecnologia alguma, por enquanto, substituiu.

Viver uma vida ordinária

Li esses dias sobre o Grande Pavor da Nossa Geração, que é ter uma vida comum. Não sei de que geração estamos falando, mas entendo: é preciso ser autêntico, especial, meio artista, influente, bem-sucedido, saudável, talentoso, com os valores morais bem calibrados e as posições políticas certas. E, claro, estar de boa com tudo isso, como se não fosse nada demais. É preciso ser extraordinário, mas também acessível. Assumo que sou assim às vezes. Tem dias em que sou insuportável no meu vestidinho vermelho gostoso e doméstico, habitando o corpo que mantenho funcional, com meu bom gosto para música, filmes e livros e os meus lindos olhos castanhos que escondem boas histórias — além disso, juro, meu senso de humor também é ótimo. Esses dias acontecem misturados aos outros dias de moletom cinza furado sobre calcinha bege esgarçada, com olhos exaustos que dizem apenas "Por favor, alguém pague meus boletos". A maior parte dos meus dias são algo no meio disso, melhores ou piores dentro de possibilidades banais, em que me contento com ter uma atividade criativa que me mantém funcionando bem, um teto, água filtrada e um amor que não destrói minha autoestima.

É muita coisa, e ando bem apegada à ideia de que não preciso pirar na ânsia de querer mais. Eu quero o básico. E, tirando a parte de que gosto muito de escrever e de ter leitores, quero também aparecer o mínimo possível. Ando valorizando o comum, o corriqueiro e o possível. O normalzinho, o palpável que me permita viver uma vida além do *paycheck to paycheck*, que foi a tônica desses últimos anos. A verdade é que eu ainda quero muita coisa. Quero passar férias numa colheita de maçãs numa fazenda orgânica no Oregon. Quero viajar de trem pela América do Sul, e de ônibus pela América Central, e de carro pela América do Norte.

> ● ● ●
>
> Expressão idiomática que se traduz como "viver de salário em salário", algo como trabalhar para pagar contas ou não ter condições de realizar nada além do pagamento de despesas básicas.

Quero ter experiências espirituais intensas em países (perceba o plural) da Ásia. Encontrar minhas misteriosas origens do Leste Europeu. Ver os búfalos na Ilha de Marajó. Quero ter mais experiências apenas por ter experiências, atualizar as histórias que posso contar. Eu quero uma vida ordinária no sentido de não querer exibir nada pra ninguém. Mas quero uma vida que vá além do circuito casa–trabalho. E eu tenho, todos os dias, medo de que essa vida esteja no meu passado. Dias como esses últimos, com ondas de calor extremo em São Paulo e os tufões no Sul, também têm me feito pensar que talvez esses dias melhores estejam no passado de todos nós. Afinal, se cientistas que estudam as mudanças do clima estão abandonando seus cargos para ficar perto da família, vivendo dias de banalidade tranquila, que chance temos eu e você? Esta é uma ideia que me pega demais: na hora do fim do mundo, o que você quer é estar perto do que é mais importante. E, na vida, nada é mais importante do que o amor.

Voltar a fumar

É verdade que o tabagismo é indefensável. Mas também é verdade que, nos tempos em que vivemos, qualquer prazer, por menor que seja, é mais que bem-vindo: é quase obrigatório. E o cigarro é um prazer para quem fuma.

Foi com isso em mente que me dei permissão para voltar aos cigarros após mais de quinze anos longe deles. Começou aos poucos, em meados de 2019, às vezes numa festa, às vezes na volta pra casa, às vezes preguiçosa no sofá. Mas logo passei a usar a excitação de encontros com amigos como desculpa. Algo de final dos tempos, meio "ninguém sabe se vai sobreviver, bora aproveitar o que tiver que aproveitar", totalmente na contramão dos modismos de *wellness* e *self-care* das redes sociais.

Como na jornada de todo fumante, não demorei para adotar o cigarro diário. Passei a fumar todo fim da tarde, depois do expediente, soprando a fumaça pela janela do meu apartamento na Bela Vista, em São Paulo.

Acontece que cigarro é um bicho traiçoeiro, e logo me

parte I

gaía passarelli

peguei fumando também após o almoço, contabilizando dois cigarros por dia. Você pergunta se me arrependo? Respondo na lata: tanto quanto me arrependo das pequenas doses diárias de whisky *single malt* que beberico junto com cigarro. Nem um pouco.

A vida moderna anda corrida de mais e prazerosa de menos. Assim, valorizo alguns poucos prazeres caseiros que se fazem urgentes. Ler bebericando café, o calor da Jezebel, minha gata preta vira-lata, no meu colo. Falar com pessoas queridas que estão longe. Cozinhar pra mim mesma. Manter a casa limpa, deitar à noite para dormir numa roupa de cama fresca — alguns prazeres possíveis. Escrever, também.

E fumar cigarro.

Não acordei um dia decidida e dizendo "Taí, vou na padoca comprar cigarros". Foi aos poucos, filando os cigarros dos outros e depois querendo compor uma boa cena para momentos de escrita — cigarro relaxa, preciso estar relaxada pra escrever, e que perfeito é o conjunto de maço de cigarro, isqueiro e o cinzeiro de vidro que foi da minha avó (que não fumava, mas viveu numa época em que todo mundo o fazia) junto da máquina de escrever, em cima da mesa de madeira. Quando o cigarro começou a acompanhar cada fim de dia útil, o cenário já estava posto para o golpe fatal: um *crush*, uma pessoa com quem compartilhar a ocasional sessão de cama, mesa e banho. Porque é no pós-transa que o cigarro é mais forte, arrisco dizer que até inevitável. Tem algo muito sensual em estar esticada sem roupa (melhor: de camisa velha e calcinha nova) na cama (às vezes: sofá) e acender casualmente um cigarro fresco, substituindo o cheiro de suor e outras secreções pelo aroma de fumaça e metal pesado.

Há, claro, coisas que me incomodam. Não os conhecidos riscos do cigarro ou os rótulos que os anunciam nos maços. Tampouco a falta de fôlego que começa a se mostrar. É mais a falta de uma forma eficiente de fumar em casa. Me incomoda o cheiro de cigarro velho pairando em ambiente, que me lembra boteco sórdido e acordar depois de festinha de arromba, mas não de um jeito bom. Então quando fumo preciso vir até a janela, ou pelo menos perto dela, e o vento insiste em espalhar fragmentos de cinza pela sala. Essa sujeira do cigarro me faz torcer o nariz, mas passo por cima dela, limpando as cinzas que ficam espalhadas por cima do teclado e da poltrona onde gosto de me sentar pra escrever, ignorando o barulho da avenida lá fora, espantando a culpa.

Cigarro é nostalgia. Uma saudade de quando o câncer de laringe, entre outras coisas, nem passava na minha cabeça jovenzinha. Minha geração tem uma ideia fixa de cigarro enquanto liberdade e ação, coisa de quem cresceu com muita propaganda de cigarro na mídia. O gestual, o glamour que acompanha o cigarro é uma coisa difícil de superar.

Talvez por ter visto filmes demais na vida, sou suscetível a essa coisa meio Lauren Bacall de voz rouca e certo orgulho em não me importar, de saber beber whisky puro e tragar o cigarro pelo canto da boca enquanto vejo a vida passar. Sinaliza que, da porta pra dentro, está tudo bem. Talvez o prazer de fumar venha desse compromisso com o que é inevitável: o fim. De preferência repartindo com alguém. De preferência por cima de um lençol que precisa ser trocado.

Dormir

Aurora tinha um trabalho dos sonhos. Literalmente. Era influenciadora dentro do que se convencionou chamar *sleep wellness*, tendência de consumo que coloca o sono como potencializador de saúde e bem-estar. Era, em outras palavras, uma dormideira profissional que, por meio das redes sociais, ajudava outras pessoas a dormir melhor, falando da importância do sono na saúde física e mental enquanto testava e divulgava coisas como roupas de cama, colchões, travesseiros, aromaterapia, pijamas, plugues de ouvido, máscaras para olhos, apps com ambiências sonoras, meditações e afins. Traçava limite nos remédios que, sensatamente, só devem mesmo ser indicados por psiquiatras.

Aurora tinha 18 milhões de seguidores em redes sociais, três livros publicados, uma linha própria de produtos atualizada anualmente e uma reputação a zelar. Levava a sério o que fazia. Tinha começado com um blog, quando blog era uma coisa importante, lá por 2010. Como quase todos os blogs, o seu apareceu por acaso. Na época,

TÁ TODO MUNDO TENTANDO

Aurora era estudante de Educação Física em uma universidade particular em São Paulo e escrevia sobre a vida de estudante, sobre esporte, sobre filmes, sobre celebridades, sobre moda e maquiagem. Um dia, um post viralizou. Era um post com muita imagem e pouco texto, usando *gifs* animados em uma lista curta sobre a gostosura que é dormir bem. Uma amiga gostou e mandou para a outra, o post se espalhou no grupo de Facebook da faculdade, depois em grupos de amigos e familiares, depois no Twitter. Aurora viu o contador de visualizações do blog subir dia após dia enquanto entendia o recado: tinha que escrever sobre sono. Afinal, sono é saúde, dormir é importante, e todo mundo dorme, ou deveria. Não existe blog de *skincare*, de yoga, de *look* do dia? O dela seria sobre dormir! Com a ajuda de um amigo que cursava comunicação, fez um *rebranding*, pagou por um layout profissional, aprendeu a usar bem o WordPress e se envelopou como Aurora, a blogueira tranquila, uma gentil especialista em dormir bem.

Começou dando dicas bem-humoradas, sempre corretas, sobre a importância de dormir, falando sobre como a maioria de nós dorme mal e nem percebe. Logo abriu um canal no YouTube. Seu primeiro vídeo, editado de forma caseira, mostrava como funciona e para que serve uma polissonografia. Viralizou, rendeu milhares de *likes* e duas continuações, e trouxe os primeiros convites para testar produtos como travesseiros e roupas de cama. Não demorou para migrar sua influência para o Instagram já com selinho de verificação e fotos profissionais.

Dali em diante foi só sucesso: lives respondendo a perguntas, posts publicados perto da hora de dormir com dicas de rotina de sono, cortes de entrevistas com profissionais e saúde, meditações guiadas, *unboxing* de óleos essenciais, publicidade de marcas de colchão. Tudo sempre negociado com honestidade: Aurora só topava divulgar aquilo que podia recomendar. Criou uma estratégia no Twitter para dar dicas de sono todas as noites no mesmo horário, fez uma página no Pinterest com inspirações oníricas e bons *looks* de dormir, e posts para o LinkedIn com foco em insones corporativos. Quando o blog completou sete anos, comemorou com dois contratos milionários: um de publicidade para a Copel em uma ação cruzada com o BBB, e outro endossando as confortáveis camas da primeira classe da Lufthansa. Daí para o primeiro livro, em editora grande e com orelha do Drauzio Varella, foi um pulo.

Puxado pelo sucesso do título literal e pela farta oferta em vitrines de livrarias de aeroporto, o primeiro volume da trilogia *Tudo que você precisa saber para dormir melhor* foi best-seller e rendeu café da manhã com a Ana Maria Braga, coluna em revista de grande circulação, vídeo engraçadinho no *BuzzFeed Brasil*, entrevista no Bial e uma nova placa comemorativa personalizada do YouTube. Aurora já tinha empregado a família toda em sua empresa de influência de bem-estar e fez uma transição tranquila (claro) para o universo do TikTok, com a ajuda de uma assistente *zoomer*.

Conduziu uma gravidez saudável e pariu uma menina alegre e dorminhoca na mesma semana em que estreou um podcast encomendado pelo Spotify. Como sempre soube que seu assunto não era banal, a sua ética de trabalho não arrefeceu quando a pandemia chegou: ali, seu trabalho como Embaixadora do Sono se tornou mais importante do que nunca. Linha de chás de ervas brasileiras com propriedades calmantes em parceria com a Taeq: sim. Patrocínio de marca de edredom: sim. Nova versão do livro falando sobre como ensinar bebês a dormir com a técnica Nana Nenê: sim, também. Convite para a Farofa da Gkay: não, obrigada, é *off-brand*.

Em 2022, quando a pandemia começou a permitir a volta da vida presencial, Aurora deu palestra no RD Summit, gravou vídeo com o Porchat, aceitou convite da Secretaria de Saúde do Estado de São Paulo para ser rosto de uma campanha sobre prevenção de barulho, e negociou seu próprio *reality show* na Netflix, produzido em parceria com a Fernanda Lima e o Rodrigo Hilbert. O marido de Aurora, triatleta profissional e ligadíssimo em saúde do corpo e da mente, acompanhava tudo com dedicação. Juntos, eles não bebiam, não roncavam e viviam uma rotina de alimentação, exercícios e, claro, sono. Controlavam um pequeno império midiático baseado na saudável premissa de dormir bem e viver melhor. O assunto nunca esgotava.

Primeiro, porque a sociedade tem cada vez mais dificuldade de se desligar. E, segundo, porque sempre há uma pesquisa, uma novidade, um produto ligado ao sono. Sempre há alguém, em algum lugar, com dificuldade de dormir. E tudo bem, Aurora dizia, é possível ensinar a dormir. Dormir bem é uma prática, algo construído diariamente. Todo mundo pode dormir bem. Dormir bem é um direito. Então, aos 45 anos, Aurora tinha tudo: o colchão da Zissouz, as roupas de cama da Trussardi, os travesseiros da linha "ouro" do Thijs van der Hilst, as essências de lavanda da Provence,

gaía passarelli

as cortinas blecaute feitas sob medida por cima das janelas antirruído. Há anos ela dormia muitíssimo bem.

Até que, numa noite qualquer e sem aviso, Aurora não conseguiu dormir.

* * *

O que acontece quando dormimos mal? A curto prazo, a privação do sono pode causar dores no corpo, cansaço, sonolência, irritabilidade, alterações repentinas de humor, perda da memória de fatos recentes, comprometimento da criatividade, lentidão do raciocínio, desatenção e dificuldade de concentração. Isso se ficarmos umas quatro noites sem dormir. Possivelmente, ao chegar nesse estado, o corpo vai desligar sozinho, pelo menos um pouco. Não de um jeito bom, mas vai desligar. Acontece que: nem sempre. Segundo a Associação Brasileira do Sono, existe uma condição conhecida como "insônia terminal", caracterizada pela perda intensa da capacidade de dormir por mais de seis semanas, com sérias consequências físicas e psiquiátricas.

A insônia terminal pode acontecer tanto em quadros de sono interrompido quanto naqueles em que a pessoa acorda e não consegue mais dormir. E pode resultar em estados de mania e depressão, com alucinações e alterações físicas profundas. Essa é uma forma arrumadinha de dizer: quando você para de dormir, sua vida fica toda errada. O que começa como confusão e irritação se torna um estado constante de vigília em que cada segundo parece perdido numa linha de tempo surreal. A cabeça, o humor, a libido e o apetite param de funcionar, e os tijolinhos encaixados

TÁ TODO MUNDO TENTANDO...

TÁ TODO MUNDO TENTANDO

da rotina vão se soltando até que a estrutura fique em ruínas, deixando o residente sem saúde física, energia mental ou clareza de propósito para tentar reconstruí-la. O complicado da falta de sono é que a insônia em si não é exatamente uma doença, mas um sintoma de outra coisa que vai mal. Se por um lado ela impacta tudo, por outro é o sono que é alterado por algo que está fora de lugar.

$$***$$

Não parecia possível que qualquer coisa fosse mal com a vida de Aurora. Ela fazia seus exames e check-ups regularmente, e tudo parecia bem como sempre. A vida estava sob controle. Não apenas agora, mas há anos. A ideia de não conseguir dormir era absurda, irreal — imagina, logo ela! Tanto que, quando parou de dormir, nem para o marido contou. E ninguém percebeu. Aurora deitava todas as noites na mesma cama, no mesmo horário, na mesma rotina. Fingia dormir ouvindo o marido respirar pesado ao seu lado, deitada no colchão caríssimo e nos travesseiros perfeitos. Com os olhos fechados e em posição horizontal de descanso, mas sempre desperta. Sua cabeça fritava a noite toda, imaginando as consequências da sua insônia. Era melhor deixar assim e esperar que o sono viesse sozinho.

Aurora trabalhava internamente, usando técnicas de *mindfulness* e meditações guiadas que tinha memorizado. Mentalizava que não queria estar em outro lugar além de aqui e agora, que não podia controlar o incontrolável, dava vazão aos pensamentos naturais da cabeça, mas sempre lembrando de voltar ao lugar onde estava.

parte I

Com o corpo relaxado e a respiração lenta, ia aceitando a própria incapacidade de desligar e ficava ali em estado semidesperto, esperando o sono que não veio na primeira noite, nem na segunda, nem na terceira, nem na quarta. Levantava-se no mesmo horário, tomava café da manhã com o marido e a filha, fazia exercícios, trabalhava, cumpria agenda, frequentava os eventos de sempre. A chegada da noite logo se tornou só mais um compromisso diário. Quando bateu algo como três semanas sem dormir, Aurora começou a aceitar que essa talvez fosse sua nova condição. Quem sabe seu corpo não dormisse porque não precisava mesmo. Quem sabe ali no quarto mais confortável do mundo, o centro de seu pequeno reino de dormir bem, o sono fosse agora diferente do que era antes, do que era para outras pessoas, mais um descanso do que um desligue.

O que a entregou, enfim, foram as pequenas coisas de todos os dias. Sempre elas. Começou esquecendo um compromisso, trocando nomes, perdendo detalhes antes visíveis e fáceis. Numa terça, foi sozinha dirigindo até uma reunião que já tinha acontecido na segunda. Numa quinta, pediu para o maquiador caprichar na base para esconder as olheiras. Num sábado, finalmente, gritou com a filha pequena, que estava chorando por ter perdido de vista a boneca preferida. Seu grito de irritação era tão extraordinário, que a criança estranhou e chorou mais, espantada com o nervosismo da mãe. Percebendo que a criança foi a primeira a se afetar pelo seu novo estado, começou a chorar vendo a filha chorar. E Aurora nunca chorava. Nem em filme triste, nem em casamento de amiga, nem na morte do pai, nem no parto. A sua vida era feita de sorrisos leves e temperamento tépido.

TÁ TODO MUNDO TENTANDO

Agora, o choro das duas continuava enquanto o marido levava a pequena para dentro do apartamento, mas o barulho abafado pela distância não diminuía sua própria angústia: estava chegando o momento em que alguém iria perceber. Passou o resto do dia fingindo uma dor de cabeça e, no domingo, inventou uma virose. Pela primeira vez desde não sabia quando, tirou uma semana de descanso. Não ia viajar, não era um curto período de estudos ou de preparo para o novo projeto: era uma semana de licença médica mesmo, receitada por ela própria — quem é chefe não precisa de atestado. Marido, babá, irmã, mãe, assistente, assessora, motorista, governanta, todo mundo continuou seguindo a vida como sempre seguia, nada nunca parava de funcionar. Nada nunca não ia bem. E mesmo assim: de noite, o sono não vinha.

Aurora separou livros para ler, filmes para ver, comidas para comer. Tentou cochilar na poltrona da sala, na rede do jardim, na espreguiçadeira na piscina. Deu ordens de não ser incomodada e tentou dormir no chão do quarto, dentro do closet, com um edredom dentro da banheira, no sofá-cama do quartinho da filha. Marcou sessão de massagem com pedras quentes, de meditação na água, de yoga. O melhor que conseguia era uma ilusão de sono, um estado de descanso que, conforme dias e noites se passavam na interrupção clara do sono, era o mesmo quando em pé ou deitada, com olhos fechados ou abertos, de camisola ou vestida.

Achava que estava ouvindo coisas. Não entendia frases. O marido parecia um estranho. Trocou o nome da filha. Voltou a trabalhar, e o tempo de um dia passou como em um ano. Tentou vinho, óleo de lavanda, chá de

parte I

camomila, comidas pesadas, comidas leves, jejum, CBD, caminhadas. Quando voltava para o trabalho, era como se não tivesse saído. De novo, pediu para o maquiador caprichar no corretivo para esconder as olheiras que agora eram mais como manchas escuras e fundas debaixo dos olhos. O cabeleireiro fingiu naturalidade quando seu cabelo começou a cair com a escova. Na gravação corriqueira de mais um vídeo da semana, o diretor e o assistente de set se olharam de rabo de olho quando Aurora não conseguiu falar o texto do patrocinador do canal. Alguém trouxe um teleprompter. O resultado não mudou. A gravação que normalmente levava meia hora levou a tarde inteira. Quando estava guardando o figurino, o marido chegou para levá-la para casa: não ia deixar que dirigisse "naquele estado".

Aurora queria falar, mas a voz não estava funcionando. Viu seu corpo sendo colocado no banco do passageiro, e talvez tenha notado alguém da equipe com o celular para o alto, filmando enquanto perguntava o que tinha acontecido. O carro entrou em movimento, ou pelo menos assim parecia, mas não tinha certeza, e não tinha certeza também se ouvia ou se imaginava que uma voz vinha de longe perguntando se ela estava mesmo ali.

Aurora não dormia havia uns dois meses.

* * *

Uma coisa que não falam sobre a insônia severa é que a realidade de quem a vive é meio parecida com um pesadelo do qual não se consegue acordar, e que, após uma crise, é preciso mais do que uma noite de sono induzido para reco-

TÁ TODO MUNDO TENTANDO

meçar a viver.

As paredes de vidro da clínica, em um casarão adaptado na Vila Mariana, davam pistas dos murmúrios da cidade imensa. O corpo de Aurora batalhava para entender onde estava. Ela própria não reconhecia seu rosto. Muitos quilos mais magra, com o cabelo ralo e os olhos fundos, era uma caricatura doente de si, em um ambiente desconhecido que se transformava a cada instante, como se entre paredes de tinta agitada. Mesmo a figura da enfermeira sempre ao seu lado parecia algo fluido, e, quando falava, a voz a atravessava numa melodia suave e sem sentido.

De volta ao quarto, onde outra enfermeira abria as janelas, Aurora tentou perguntar onde estava, mas a voz, que saía em fiapos, resultava apenas em acenos simpáticos das enfermeiras sorridentes. Mãos gentis a deitaram na cama, presa a uma mistura de lençóis e agulhas com aromas de alfazema e éter, onde o estado de sono, tão comum para bilhões de outras pessoas pelo mundo nesse exato instante, era uma porta que temia atravessar. Se suas possibilidades eram infinitas e desejáveis — a vida perfeita, ordenada e bonita, com saúde, dinheiro e família —, por outro lado tinham também a pressão de um submergível prestes e colapsar a quatro mil metros de profundidade, sem espaço para erro ou descanso.

Em sua vida abençoada, Aurora nunca tinha experimentado uma falha, um vexame, uma crise de gases, uma hora dentro de ônibus cheio no trânsito de São Paulo, uma casca de feijão no dente durante uma reunião importante. Nem uma ressaca sequer. Seu distúrbio do sono, irônico e raríssimo, não era apenas um problema de saúde, uma

parte I

gaía passarelli

manifestação severa do que se convencionou chamar síndrome de burnout, mas um portal para um reino novo, com possibilidade de viver o lado zoado da vida. Do lado de lá, Aurora sabia, havia um labirinto de espelhos sujos, com reflexos revelando versões alteradas dela mesma em emoções multiplicadas, oscilando entre a alegria mais desenfreada e a tristeza mais abjeta.

Mais tarde, após outro cochilo artificial, o médico explicava para os acompanhantes dela, o marido e a mãe, que a recuperação seria longa, e que Aurora precisava não de descanso absoluto, mas de uma rotina normal. "Cuidado, sim, mas sem castelo de vidro!", alertou. Qualquer tentativa exagerada de controle poderia desencadear nova crise, o que Aurora precisava era reaprender a relaxar. "Deixem uma baguncinha na casa", aconselhou, "uma toalha molhada em cima da cama nunca fez mal a ninguém".

E aconteceu de não ser uma toalha molhada sobre a cama bagunçada a responsável pelo que veio depois. Foi uma porta aberta e desguardada numa manhã qualquer, quando a babá saiu para passear com a criança. Aurora ia só dar uma volta no quarteirão, depois andar até a pracinha, depois ver os carros parados na avenida. Sem bolsa, celular, carteira ou horário para cumprir, apenas calça, chinelinho, moletom e cabelo solto. Não era isso que o doutor do sono tinha recomendado? Se permitir vagabundear um pouquinho?

Aurora seguiu até o corredor de ônibus da Avenida Santo Amaro, na altura da Vila Nova Conceição. Só conhecia o lado de cima do bairro, aquele com vista para o parque. Aqui o cenário era diferente, com postes e fios, calçadas estreitas e pressa. Aurora cruzou a São Gabriel, subiu

TÁ TODO MUNDO TENTANDO...

a Nove de Julho e viu a cidade mudar de cores do outro lado do túnel que passa debaixo da Paulista. Na direção da Praça da Bandeira, subindo o escadão da Avanhandava, atravessando a Roosevelt e parando aos pés do Redondo, desceu a Ipiranga na direção da Santa Efigênia e viu-se caminhando por uma versão para ela desconhecida das ruas da cidade que pensava conhecer. Os arranha-céus de vidro e os casarões arborizados deram lugar a predinhos antigos transformados em cortiços, garagens e sobrelojas cobertas de fuligem e picho, rostos diferentes e mensagens enigmáticas gritadas entre barulhos de escapamentos e sirenes.

Os cenários e as trilhas sonoras dessa cidade antiga que ela nunca tinha visto carregavam a exuberância trágica dos movimentos distópicos, uma energia de fim do mundo, calçadas cobertas de sacos plásticos e mijo que o veículo de limpeza da prefeitura espalhava todas as madrugadas com jatos de água gelada. Rabiscado com traço preto grosso sobre o concreto que fecha as portas e janelas de imóveis condenados, ela leu: "Você pra mim é problema seu". Todos os pesadelos da humanidade materializados num trecho de cidade que se movimenta de uma esquina a outra, mudando de lugar conforme as batidas impostas pelos munícipes pagantes de impostos, um cenário de lixeiras reviradas, habitando seu mesmo tempo, tão longe de onde ela havia dormido a vida toda.

Com os pés imundos, a cabeça latejando e o cheiro doce e podre do lixo acumulado na calçada, enrolada num cobertor cinza e úmido, Aurora acordou.

parte II

São Jorge, 1998

Se você pesquisar "Sweden Gate" na internet, vai encontrar umas raras oportunidades de treta de rede social em que as pessoas acabam aprendendo alguma coisa. Explico: foi em 2022, e começou com alguém pedindo para seguidores no Twitter contarem sobre a experiência de choque cultural

> Este termo se refere a uma discussão de 2022 no Twitter (atual X) sobre a prática cultural sueca em que hóspedes não são convidados a partilhar refeições com os anfitriões.

mais estranha já vivida em viagens, seguiu com alguém respondendo uma história curta sobre o hóspede ficar fechado no quarto (não por vontade própria) enquanto a família dona da casa come. O relato mostrava que em algumas culturas nórdicas isso de não dividir comida com as visitas é normal, esperado e aceito. A repercussão durou uns dias e rendeu uma porção de explicações histórico-culturais interessantes, com milhares de respostas de países mediterrâneos, árabes e latino-americanos, em geral países onde não repartir a comida é uma ofensa real.

Viajei bastante na vida, normalmente sozinha. Comida sempre é uma parte muito importante dessas viagens, e nunca me deparei com uma situação em que um anfitrião negasse comida. Pelo contrário. Visitando (a convite) a casa paupérrima da faxineira de um templo jainista com quem fiz amizade, em Cochin, recebi xícaras de *chai* quente, feito na hora, enquanto conversávamos numa mistura estranha de gestos, português e malayalam, sentadas no chão, com a porta aberta para os vizinhos poderem participar. Numa casa de família sobre uma palafita, no norte do Amazonas, a caminho do Xixuaú, ganhei suco de fruta e biscoitos de tapioca. Numa visita à Ocupação Nova Palestina, extremo sul da cidade de São Paulo, tinha café doce, biscoitos e água fresca.

Estou citando lugares e pessoas pobres de propósito: faz parte da nossa cultura ter muito pouco a oferecer e oferecer muito mesmo assim. É um dos traços essenciais da experiência latina, ainda que nem de longe seja exclusividade nossa: a cultura grega antiga ensina a oferecer comida e abrigo a quem quer que apareça pedindo, a hospitalidade é domínio de Zeus. E, em qualquer literatura de viagem, o leitor sempre vai se deparar com histórias de recepções calorosas em vilarejos, porque, em quase toda parte do mundo, o ímpeto de ajudar quem precisa é maior do que a desconfiança — principalmente entre aqueles que, de alguma forma, passam ou passaram aperto na vida.

Repartir refeição é oportunidade de criar boas memórias. Para além de alimentar e prover, colocar uma comida na mesa é desculpa para conversar, trocar, ensinar, aprender — em suma, tudo aquilo que nos faz humanos.

A melhor refeição da minha vida tem tudo a ver com isso. Foi em São Jorge, então uma vila de poucas ruas e sem luz, perto do Parque Nacional da Chapada dos Veadeiros, em Goiás, nos anos 1990. Eu e meu namorado chegamos de ônibus e de carona, sem lugar para ficar. Batemos palma na frente de uma casa que tinha placa oferecendo quartos para visitantes. A dona do lugar se chamava Maria e nos entregou a chave de um quarto pequeno, de tijolos sem reboco, literalmente uma cama com gaveteiro do lado, abastecido com roupa de cama, toalha e cobertores limpos. Nós aceitamos um lanche de pão com queijo e dormimos, exaustos, acordando antes de todo mundo na manhã seguinte, para sair e visitar o Vale da Lua — a pé, claro. Quando voltamos, no começo da noite, a Dona Maria nos esperava com a mesa posta. Ela e a família toda. "A gente sabia que vocês iam voltar com fome", disse, nos empurrando para dentro da cozinha.

E, de fato, depois de andar vários quilômetros no sol, comendo biscoitos e bebendo água (ah, a juventude!), estávamos os dois muito a fim de uma boa refeição. Qualquer coisa serviria. Mas o "qualquer coisa" da Dona Maria era arroz, feijão, farofa, carne de porco, de frango e de boi, abóbora, mandioca, couve, salada, pão, suco de umas três frutas diferentes, pudim de leite e bolo de aipim. Talvez eu esteja esquecendo algo. Começamos tímidos, contando que éramos de São Paulo e que tínhamos chegado ali pra ver o Vale da Lua. E, entre as garfadas, fomos relaxando. A comida era, como você pode imaginar, absolutamente deliciosa, aromática, fresca, bem-temperada, com aquele gosto de fogão a lenha e o capricho que comida feita sem pressa tem.

Entre um prato e outro, ouvimos histórias de tromba d'água, de turistas perdidos no parque, de assombração nos campos. Ouvimos moda de viola e fofocas da vila, bebendo uma cachaça fortíssima que vinha de uma garrafa pet verde. Aceitamos mais bolo e um dedinho de café. Não lembro mais o momento em que fomos dormir, mas, na manhã seguinte, depois de um pãozinho com manteiga e café com leite, nos despedimos com abraços e endereços trocados em pedaços de papel, jurando manter contato. Ainda hoje eu me lembro mais da mesa da Dona Maria do que do Vale da Lua.

Kumily, 2014

Meu avô dizia que o caráter de um homem se reconhece na firmeza do aperto de mão. Seu Sebastião aprovaria o senhor Gurukal, que aos 80 anos exibe vitalidade ayurvédica, apertando com força minha mão no instante em que entro na sua farmácia, numa rua comercial de Kumily, região de Tekkadhi, nas montanhas de especiarias do sul da Índia, onde às vezes o vento tem cheiro de cardamomo e noz-moscada.

Entrei na loja buscando algo para tratar meu joelho esquerdo, constantemente dolorido e agora, no vigésimo e tanto dia de viagem, já inchado e perigando dar ruim. Começo a explicar, mas sou interrompida: Rajan está apertando meu braço. E apertando bem. "Você precisa de massagem de verdade, não de massagem para turistas." Pode ser, agradeço, mas não quero massagem, quero apenas comprar algum remédio. Ele se conforma e vai buscar algo — óleos? — num armário de vidro. Volta com três garrafas verdes com rótulos ilustrados.

TODO MUNDO

Após riscar rapidamente o preço em rúpias num pedaço de jornal, Rajan está de volta ao meu braço. "Minha massagem energiza as veias, é boa para juntas, dores de cabeça, dores musculares", continua. "Muitos clientes estrangeiros, clientes famosos!" Ele me puxa pelo braço na direção de um mural de fotos. Algumas estão lavadas pelo tempo, mas todas mostram seu Rajan ao lado de ocidentais sorridentes. Na maior, plastificada, o mestre abraça um homem musculoso com cabelo escovado para o lado, exibindo todos os dentes. "Hollywood!"

Penso em explicar que nunca vi, mas Rajan não deixa: ele já está abrindo um enorme caderno de capa grossa, no qual clientes deixam recados. Tento folhear, mas a atenção já mudou para a fotografia de senhora loira em êxtase sendo massageada por duas indianas — no Kerala, mulher faz massagem em mulher, homem faz massagem em homem. A prática *cross-gender,* mesmo que com fins medicinais e a seriedade adequada, é considerada imoral. Compreensível, sendo a massagem *ayurveda* uma coisa tão sem pudor em tocar seios e nádegas, e os indianos uma gente tão preocupada com a modéstia.

Eu demoro a perceber mais duas pessoas na pequena sala: um senhor sentado no cansado sofá marrom, encostado no canto, entre duas prateleiras apinhadas de frascos e potes, e a senhora Gulakkal, vestindo um *sari* verde-escuro, que sorri para mim em um *namaskaram* tímido e me faz sinais com as mãos, me convidando a seguir com ela para dentro da casa.

Estou na Índia há dez dias. Ainda não me habituei a diálogos em inglês quebrado e não aprendi a lidar com a

> *Namaskar* é uma palavra derivada do sânscrito que significa "eu me curvo a você". O *namaskaram* é uma saudação que traduz a ideia de gratidão e respeito, utilizada principalmente na Índia e no Nepal por hindus, sikhs, jainistas e budistas. Normalmente, envolve as mãos juntas na altura do peito e um aceno com a cabeça.

insistência local para vender produtos e serviços para os visitantes. Tento um "Não vou fazer massagem agora", firme. Mas Rajan ignora e aparece com uma agenda do ano, tão cheia de pedaços de papel que não fecha. "Amanhã às nove?"

Penso por um momento em simplesmente marcar e dar o cano, mas os sorrisos ansiosos do senhor e da senhora Gulakkal não convidam à desonestidade. Finalmente me sento, aceito a xícara de *chai* (muito quente e doce, como quase tudo na Índia) e calmamente explico que acabei de chegar à cidade, que vou ficar quatro dias, que estou com um grupo e... um grupo de turistas?! "Ah, mas isso é maravilhoso!", ele comemora. "Apresentação de *kalari*! Hoje às seis da tarde! Vendo os ingressos para todos!"

Além de comerciante e massagista, Rajan Gurukal é mestre de *kalari*, a arte marcial ancestral do Kerala. Há algo como cinco mil anos, os cuidados salutares dos guerreiros do sul do continente formaram a base da prática *ayurveda*, hoje conhecida no mundo todo, misturando técnicas de massagem vigorosa, dietas rígidas e o uso de óleos vegetais.

***

TÁ TODO MUNDO TENTANDO

Aceito ver a coleção de adagas e outras armas de *kalari* que Rajan mantém em cima de um armário alto, atrás do balcão. O prateado fosco me faz pensar há quanto tempo não saem dali, mas meu anfitrião nem me dá tempo de pensar: quer saber da apresentação, quantos somos e se podemos acertar já o preço por pessoa. Eu só queria um óleo para massagear meu joelho, e de repente estou negociando uma experiência cultural para turistas. Peço mais um pouco de *chai*, sorrio de volta para o senhorzinho sentado no sofá e decido ser firme, tirando da carteira o valor a ser pago pelas três garrafas de óleo. Rajan suspira, numa decepção educada. E sou eu que acabo cedendo.

"Tá bom, mais uma coisa..." Num pulo, ele se senta com a coluna ereta e sorri: "O que é?". "Tenho um problema de digestão, sabe? Desde que cheguei à Índia. Comida pesada, leite, temperos..." Rajan escuta com seriedade, balançando a cabeça, e conclui sem cerimônias: "Entendi... você está defecando sangue?". "O quê? Não! É o contrário! Eu não consigo, você sabe, ir ao banheiro..."

Solenemente, ele puxa meu braço, me fazendo levantar, e pede licença para tocar minha barriga, que há dias está inchada como a de uma grávida no quarto mês, culpa da dieta de *idlis* e *dosas* que venho seguindo. "Gás?" Sim, gás, confirmo com uma careta. "Dor?" Sim, alguma dor.

Rajan corre para um pequeno armário debaixo da mesa e aparece com uma garrafa. O rótulo traz a foto de uma cabeça de alho pegando fogo. Antes que eu possa pensar, Rajan já abriu a garrafa e segura meu maxilar, me forçando a abrir a boca. Atrás dele, a senhora Gulakal sorri e sinaliza para que eu levante a cabeça. O gosto é uma mistura de xarope de tosse com refogado pro arroz. A dupla me olha ansiosa — e aí?

"Puxa, não é que já me sinto muito melhor?", minto. Risadas, palmas. Aproveito a satisfação momentânea para dizer que vou pagar agora pelos óleos e pelo remédio e que amanhã cedo volto com alguém do meu grupo para combinar a apresentação de *kalari*. E, sim, claro, amanhã também marcamos a massagem. Quem sabe várias massagens, para todo o grupo. Palmas, *namaskarams*, sorrisos.

Convencidos, eles me deixam ir, apertando minha mão enquanto andamos até a rua. Até amanhã então, sim, grupo grande, exibição de *kalari*, massagem que não é pra turista, tomar o remédio de alho três vezes ao dia entre as refeições.

Aperto o passo, desviando dos *tuk-tuks* que passam tirando finas dos pedestres e, alguns metros pra baixo, percebo um gosto de ervas, leve, subindo pela garganta e saindo pela boca, como se fosse uma nuvenzinha verde e refrescante. Num instante, minha camiseta volta a ficar folgada sobre a barriga. Olho para trás, e o casal Gurukal continua acenando na porta da farmácia.

Thiruvananthapuram, 2014

Caminhando com braços e pernas cobertos por roupas de algodão, mochila nas costas; a rua ao lado do West Fort parecia um tipo de forno, mesmo às cinco da tarde. Bibocas fervendo *chai* e bancas de *hot chips* emanavam calor para as centenas de pessoas caminhando de um lado a outro, esperando nos pontos de ônibus ou comprando um pouco de tudo nas virtualmente infinitas opções de lojas e camelôs. Uma urbanidade nova pra mim, com enormes prédios comerciais e outdoors de produtos domésticos que se misturam a mulheres em *saris* supercoloridos e homens vestindo *lungi*, os confortáveis saiotes de algodão branco do sul da Índia. Depois de duas horas perdida nas ruas do Chaalai Bazaar, meu único desejo era voltar para a tranquilidade do meu quarto de hotel caro, no balneário bacana de Kovalam, onde estava hospedada a convite do bureau de turismo local, como parte

parte II

da agradável missão de conhecer o Kerala para escrever artigos em blogs.

O trajeto levava algo como quarenta e cinco minutos de distância do centro de Trivandrum City, usando uma linha de ônibus que eu não sabia onde encontrar. Tinha descido ali mesmo algumas horas antes, mas o primeiro contato com o famoso excesso sensorial das cidades asiáticas já atrapalhava meu senso de localização. Minha primeira lição de pessoa perdida na Índia: é possível contar com a paciência local. Quem me ajudou foram os comerciantes do centro de compras, acostumados aos turistas perguntando *"The bus to Kovalam, please"*. Numa mistura de inglês com mímica e sinalizações manuais, encontrei o ponto certo e esperei junto de dezenas de mulheres amontoadas no terminal improvisado, escuro e cheio de poeira — não diferente dos nossos brasileiros.

Dentro do ônibus categoria sem ar-condicionado, um pedinte ganhou cinco rúpias da minha carteira e se ajoelhou no chão para encostar a testa nos meus pés como agradecimento. Meu disfarce de mulher local, que já não estava muito factível, foi por água abaixo. Um grupo de mulheres, sentada no fundo do ônibus, me ajudou a sentar no lugar certo: entre elas. No instante seguinte, uma indiana sorridente me usava para testar seus conhecimentos de inglês, contando que tinha morado na Inglaterra. "Você é de Trivandrum?" "Sim." "Você sabe em que ponto desço para ir até Kovalam Beach?" "Sim." "Por que você foi morar na Inglaterra?" "Sim."

De forma atrapalhada, mas bem-humorada e cheia de olhares curiosos e risadas, nossa conversa foi adiante por mais uns vinte minutos, enquanto o ônibus saía de Trivandrum

City, passando por divindades feitas de incontáveis lâmpadas coloridas, acompanhadas de caixas de som ligadas e viradas para as ruas. Eu queria saber de tudo que estávamos vendo, mas ninguém além de mim parecia dar a menor bola para o entorno. Era só mais uma volta para casa, no ônibus lotado, depois de um dia útil qualquer. Mais ou menos como se uma querida se sentasse do meu lado no 9354-10, entre a Praça do Correio e o Terminal Cachoeirinha, e quisesse saber sobre os comércios que margeiam o corredor de ônibus — só que tudo infinitamente mais belo e mais vivo.

Quando o ônibus saiu da cidade e entrou em uma avenida larga com jeito de autoestrada, minha nova amiga pareceu mais alerta. Após uma meia dúzia de pontos, ela se levantou, me puxando pela mão. Descemos juntas de mãos dadas, como colegas de escola, e me vi na entrada de uma rua de terra batida, tendo uma conversa cheia de gestos, caretas e aquelas balançadas de cabeça que não querem dizer nem sim, nem não, numa estrada fora de Trivandrum City, na frente de uma banca de cocos. Entre *tuk-tuks* passando com caixas de som ligadas e caminhões colaborando com a impagável sinfonia de buzinas indianas, minha nova amiga se fez entender como dava: ela não ia me levar para o hotel, mas estávamos perto, e ela ia me ajudar. Fez sinal para um *tuk-tuk*, conversou com o condutor em malayalam, disse o preço em rúpias, me colocou no banco de trás e acenou um tchauzinho elegante, sem balançar as pulseiras no braço fino, enquanto eu segui adiante, sacolejando pra dentro da estrada de terra, na direção de Kovalam, com minha mochila atrás do condutor do *tuk-tuk* e de uma imagem de Krishna colada no vidro.

Gondwana, 2015

Na minha primeira tarde em Gondwana, uma reserva natural em formação perto de Cabo Agulhas, fazia frio de um jeito que eu não imaginava fazer no continente africano. Eu estava esquentando as mãos com uma xícara de *rooibos* e abri a porta da minha cabana para ver o sol se pôr. Sentei-me no degrau da frente do chalé e fiquei vendo o sol laranja gigante descer devagar, por cima da cadeia de montanhas que dá nome à reserva, quando um gnu-azul entrou no meu campo de visão.

Depois dele, veio outro e mais outro, e logo eram uns seis gnus, cavalos gigantes cinza-azulados, sem a menor curiosidade por mim, pelo chalé ou pelo vapor do chá. De repente, uma revoada de pássaros corta o céu, os gnus correm para longe, os insetos param de zunir, e ouço algo se agitar num arbusto próximo. O que sai do mato é um vulto pequeno e preto, de orelhas pontudas, que me olha por um instante, com olhos amarelos enormes, e desaparece de novo.

TODO MUNDO

TÁ TODO MUNDO TENTANDO

Na manhã seguinte, o mesmo vulto preto passou correndo na frente do jipe. Melanie, a *ranger* (guarda florestal) que me guiou por Gondwana, explicou: é um gato doméstico. Como assim, um gato? Um gatinho preto como a minha Jezebel? Vivendo aqui? Na reserva? Sozinho? Sim, há gatos vivendo em várias reservas, a guia explicou. Bichos domésticos às vezes fogem ou se perdem de fazendas próximas e acabam nas reservas, atraídos pela caça. Acontece com cachorros também, mas, enquanto os cães quase sempre buscam se aproximar dos humanos, por segurança e sobrevivência, os gatos ficam bem na natureza e vivem sozinhos.

Como humana de gatos toda a vida, achei genial a história do bichano voltando às raízes e vivendo próximo de sua essência carnívora selvagem. Alguém já tentou pegar? "Impossível", disse Melanie. "É pequeno, é muito ágil. Acredite: é mais fácil pegar um leão". Pensei em sugerir uma caixa de papelão, que todo dono de gato sabe ser irresistível, mas pra que prender? Os outros animais não se importam, o gatinho não é nem ameaça e nem comida. Aqui, o *Felis catus* não tem predadores, vive de pequenos roedores e pássaros e de carcaças deixadas pelos felinos maiores. Ele tem tudo de que precisa. Quem sabe gatos domésticos perdidos em reservas de natureza possam se encontrar, procriar e cumprir a profecia felina de crescer e dominar o mundo.

Na curta temporada que passei em Gondwana, vi rinocerontes acompanhados por guarda-costas, tão enormes, próximos e quietos, que quase podia tocar. Vi umas manadas de búfalos. Vi zebras, gazelas e gnus em quantidades

parte II

dignas de imagens da *National Geographic*. Vi girafas e elefantes surgindo em meio às árvores nas montanhas, sempre pensando em como são magníficos e como não pareciam combinar com o lugar — aprendi que nem todos os animais de reserva são parte daquele ambiente, e muitas vezes estão ali como estratégia de preservação. Mas o gato doméstico fazia tanto sentido correndo por Gondwana quanto ronronando em cima de um sofá com almofadas de veludo. A próxima vez que o vi, ele estava num galho de árvore, tomando sol. Te juro. Parecia um puma, um bicho assim majestoso e dono de si, só que com quarenta centímetros de comprimento e uma cara fofinha. Assim que nos viu, ele se aprumou no galho e nos observou se aproximar, até saltar para o chão com a agilidade comum dos gatos caseiros e desaparecer na vegetação baixa. Ao longo da semana em Gondwana, o gatinho ainda apareceu uma porção de vezes, como que me ajudando a confirmar que não era uma miragem.

No último dia de safari, estávamos buscando leões. Melanie detectou de longe uma movimentação e dirigiu até perto deles, mas os felinos grandes nos ouviram e fugiram. Olhando pelo binóculo, aproximou o jipe e, quando teve certeza de que não havia mais nenhum lcão ou leoa guardando a caça, parou ao lado da carcaça e, sem sair do carro, seguindo a primeira regra dos safáris, nos mostrou as mordidas ainda frescas, a pele branca e preta arrebentada, o sangue vivo escorrendo para dentro da terra e tingindo o ar de algo metálico.

Quem estava lá e não fugiu? Ele, o gato preto. Aproveitando a oportunidade, o bichinho seguia concentrado em rosnar e comer, grudado no quadril da zebra morta. Melanie sinalizou com as mãos para pedir silêncio, e ficamos vendo o corpinho preto, de pelo curto e brilhante, com as orelhas para trás, roendo a carne da carcaça, os olhos amarelos nos observando de relance, e o rabo balançando sem controle de um lado para o outro. A *ranger* fez menção de empurrar a porta, e o gato parou por uma fração de segundo para analisar a situação, antes de desaparecer mato adentro, mais rápido do que eu poderia piscar.

Um sobrevivente nato, como todos os gatos. Não era atração turística, como as girafas levadas de outras partes do continente, e nem precisava de um guarda-costas, como os rinocerontes. O gatinho estava lá porque queria, fazendo da reserva seu hábitat natural. O bicho mais legal de Gondwana.

São Francisco, 2016

Sempre que viajo, marco na agenda de conhecer livrarias locais. Primeiro que é um programa que, em tese, não custa nada: em livrarias decentes você é livre para vagar, folhear e perder tempo entre as prateleiras sem sofrer assédio ou incômodos. Mas, se quiser gastar dinheiro, pode.

Conheci algumas livrarias incríveis. Londres tem a Stanfords, fundada em 1835, dedicada a guias de viagem e atlas. Porto tem a Lello, provavelmente a livraria mais bonita do mundo. Lisboa tem a Bertrand, no Chiado, a livraria com mais tempo de atividade do mundo. Portland tem a Powell's, que é bem abusada: uma quadra inteira, cinco andares, mapas gratuitos para ajudar você a desbravar o lugar, sessões de absolutamente qualquer coisa, e muitos usados com ótimos preços. No mesmo clima, Nova York tem a clássica Strand ("onde livros são amados"). Minha livraria gringa do coração fica perto de São Francisco: a Book Passage de Marin County, onde passei dias felizes como aluna em três edições da *Travel Writing Conference*.

TÁ TODO MUNDO TENTANDO

E São Francisco também tem a City Lights. A "livraria dos *beats*", na divisa entre North Beach e Chinatown, vizinha de parede do Kerouac Alley, onde turistas e fãs de *On the Road* vão tirar foto. A City Lights foi um antro da revolução literária dos anos 1950 e ainda publica livros de poesia marginal, mas hoje dá prioridade a títulos com temas políticos, filosóficos e espirituais — se você pensar em espiritualidade como alma e cultura, não autoajuda. Como nunca dei muita confiança para a literatura *beat* (acho que passei da fase), demorei para chegar lá. Só aconteceu na minha última viagem para São Francisco, em 2015, quando estava hospedada num quarto minúsculo, durante uma crise ansiosa, no North Beach Hotel.

Numa manhã de sol, com tempo para matar depois de pagar caro demais por um muffin e um *latte* numa cafeteria hipster qualquer de North Beach, passei na frente e parei para olhar a vitrine. Avisos atrás do vidro diziam para desligar o celular, para entrar e ler um livro (ou dois, ou mais) sem compromisso — *abandon all despair ye who enter here*. Lembrei que meu quarto no North Beach tinha cheiro de xixi, que eu tinha pelo menos quatro horas até começar a próxima etapa da viagem, que meu bolso só tinha o di-

---

•••

Este verso faz referência a um poema, de mesmo nome, de Garrett Caples em homenagem a David Meltzer, um autor importante do City Lights, conjunto de livrarias em São Francisco. É, também, uma versão em inglês de um dos versos do Inferno, na *Divina Comédia*, de Dante Alighieri. Em português, a tradução mais comum é: "Deixais toda a esperança, vós que entrais!".

---

parte II

nheiro do transporte. A imagem de uma senhora sentada no chão da livraria, aproveitando um raio de sol e lendo um livro como se na sala de casa me convenceu a entrar.

Passei um tempão xeretando as estantes de literatura. Achei literatura contemporânea brasileira e seleções de contos do Machado de Assis em inglês na estante de livros sul-americanos. Achei um livro para meninas só sobre grandes personagens mulheres da história — depois ele foi traduzido pra PT-BR e virou best-seller aqui também, mas era 2016, e esse movimento estava começando. Achei uma porção de nomes asiáticos, africanos e latinos. Um monte de fanzines. Um monte de poesia em várias línguas. No subsolo, a seleção de música tinha jazz, punk e funk. A seleção de literatura de viagem tinha livros sobre trens, sobre o Vietnã de Pol Pot, sobre os crimes ambientais de navios cruzeiro. Várias coisas que eu nunca tinha visto, que eu queria ter e não ia comprar porque estava sem dinheiro. Tudo bem. Peguei uma seleção de livros, botei em cima da mesa de madeira e passei as próximas horas (três, quatro?) olhando livro por livro, copiando trechos, roubando água do filtro, totalmente imersa na minha introspecção, sem interrupções nem de colegas leitores, nem de livreiros trabalhando. Só lembrei da hora de ir embora quando a fome bateu. Na saída, antes de encarar *dim sums* gordurosos num pulgueiro chinês sem fila, comprei o que dava pra comprar: um cartão postal com uma foto da City Lights, em 1953.

Tlacolula, 2016

"É bem fácil ir sozinha", disse a simpática moça loira da recepção do hostel, uma mexicana com pedaços de azul e verde no cabelo, falando inglês perfeito. "Você vai gastar menos dinheiro e ter mais tempo indo sozinha. Vai aproveitar mais." Verdade. Eu estava perguntando sobre uma daquelas tours em que uma van pega turistas em diferentes lugares e passa o dia inteiro visitando pontos de interesse. Não é muito minha cara, mas eu estava viajando há quase um mês e estava cansada de me virar, então a sugestão da moça foi sincera e bem-vinda. Ela me mostrou em um mapa de papel colado no balcão o local para encontrar o ônibus rumo ao mercado de domingo de Tlacolula, no vale oaxaqueño, a cerca de trinta quilômetros de Oaxaca capital.

Demorei pra entender onde, afinal, ficava a rodoviária "de segunda classe" de Oaxaca: a rodoviária é na verdade um apanhado de garagens espalhadas ao redor de dois quarteirões, onde embarcam passageiros para lugares como Mitla, Tule e Monte Alban. Nenhuma passagem custa mais que M$15 (tipo R$2,50), e os ônibus saem sempre de hora em hora. A maioria deles vai para as cidades, as vilas e os povoados principais do vale de Oaxaca. Não tem energia de filme estadunidense mostrando países latinos, com filtro amarelo e gente carregando galinhas. Mas também não é como pegar ônibus na Rodoviária do Tietê. Os ônibus populares em Oaxaca têm vidros quebrados, barulho e poeira, e são usados principalmente pela população que trabalha nos hoteis e restaurantes atendendo turistas.

Depois de Oaxaca, que é a capital, e do sítio arqueológico de Mitla, onde estão ruínas e igrejas importantes do estado, Tlacolula de Matamoros (você precisa ver os gringos tentando falar!) é a cidade mais importante do estado. Tem um pátio com igreja do século 16, ruas planas em linha reta, uma rodoviária com loja de conveniência. A van me deixou no posto de gasolina na beira da estrada, e só entendi que era o ponto de parada por ter prestado atenção ao casal com chapéu de cordinha e camiseta *superdry* (mais pochete para ele, mochilinha impermeável para ela) que estava descendo ali. Turista se reconhece, e por mais que meu estilo de viajar não inclua a mesma vestimenta (jeans, camiseta suja por dias de viagem, alpargatas azuis, pano amarrado na cabeça, mochila de algodão com um zíper quebrado), eu também não passaria por moradora local.

Oaxaca é o estado mais indígena do México, e o mercado dominical de Tlacolula é um dos melhores lugares para ver essa diversidade. Aqui estão 18 das 65 etnias do país, e também a maior população de bilíngues mexicanos, que falam o espanhol obrigatório sem abandonar seus

TÁ TODO MUNDO TENTANDO

idiomas nativos. Muitos são descendentes diretos dos povos que viveram ali antes da invasão espanhola. A chegada dos europeus, com seu gosto por metais preciosos e genocídio, é o acontecimento mais dramático da história relativamente recente, é claro. Mas mesmo antes disso, o que hoje se define no mapa como Oaxaca nunca foi território calmo. Zapotecas, depois mixtecas e astecas ocuparam a região em diferentes épocas, e suas guerras por território explicam a variedade étnica local.

O mercado é uma enorme construção de estilo colonial espanhol em pedra amarela perto da igreja, colado na praça principal. Tem paredes internas baixas que formam corredores, onde vendedores espalham de chocolates a queijo, de flores frescas a *chapulines* temperados com limão, de ovos frescos a *chicharrones*. Aos domingos, ao redor desse mercado fixo, a coisa cresce de maneira orgânica. Começa na rua da rodoviária e se espalha pelo centro de Tlacolula, com vendedores que oferecem *pen drives* com sucessos musicais da temporada, camisetas dos Vingadores, cestas de fibra plástica colorida trançada como palha ou linguiças apimentadas e nacos de carne que você pode pedir pra assar, temperar e comer ali mesmo. Perus vivos com os pés amarrados, panos de prato, *alebrijes*, cerâmicas decorativas ou utilitárias e águas frescas se revezam de forma mais ou menos ordenada — tem de tudo em todo canto. Além das barracas fixas, há os vendedores ambulantes, que caminham com os produtos dentro de cestos, oferecendo limão, *pimientos* ou pedaços de nopal — um tipo de cacto comestível que é a base da comida mexicana do dia a dia.

Acho difícil escolher o que comprar em situações como

gaía passarelli

a do mercado de Tlacolula, com tanta oferta e cores, texturas, cheiros, gostos, sons. Sou tomada por um estado ansioso de querer ver/provar tudo, sabendo que é impossível, então acabo sempre meio circulando a esmo até bater um ímpeto qualquer. Aconteceu quando parei para ver uma *abuela* magricela, com flores na cabeça e cintura apertada por faixa de tecido. Notei, ao lado, peças simples de cerâmica sem pintura de uma *señora* sentada em um banquinho de madeira. Comprei uma caneca, pensando no tanto de chocolate oaxaqueño que vou tomar quando voltar para casa. Lá, o chocolate de beber é feito com água, usando torrões de massa de cacau com farinha de amêndoas, açúcar e canela, que são vendidos em todo lugar. Só quando neguei o pedaço de plástico que Antônia queria usar pra embalar a caneca é que entendi que ela e a outra *señora* não falavam espanhol, falavam mixteca ou zapoteca, eu não tinha como saber. Conversamos rapidamente por gestos, ela me convidando para me sentar e ver mais, colocando o *abuelito* da banca vizinha, que vendia coisas de cozinha, na conversa também. Aceitei entrar no jogo e, apesar da barreira da língua, ou por causa dela, comprando uma porção de colheres — que, assim como a caneca de cerâmica, ainda uso.

Dentro do mercado, já me sentindo muito à vontade com o lugar, saquei meu celular para fazer um vídeo do ambiente. Tento ser discreta quando viajo, ando com pouca coisa, então não é como se eu estivesse exibindo uma câmera profissional com lentes e demais paranauês, só estava com meu celular Android basicão. Virei para um lado, registrando um corredor em que estandes vendiam nopal e flores. Virei para o outro e dei de cara com duas

TODO MUNDO

señoras de cara brava. Desliguei. Elas vieram falar comigo e pediram, em espanhol, com voz baixa e firme, que não tirasse fotos das pessoas sem pedir. Balbuciei um *"Lo siento"* e perguntei se queriam que eu apagasse. Disseram que não, tudo bem, mas que as pessoas estavam ali trabalhando, *"Esto no es una fiesta"*. Poucas vezes senti tanta vergonha da minha condição de turista.

Conto isso da foto por causa do seguinte: Tlacolula recebe turistas, sim (eu, inclusive), mas é, antes de tudo, um lugar para os oaxaqueños do vale fazerem suas compras. Você vai ver muitas situações fotogênicas, como as senhoras de saião estampado e lenços na cabeça sentadas na calçada, depenando frango, ou garotos de roupas de algodão cru, moendo grãos de cacau. Mas isso não significa que você tem passe livre pra sair tirando foto de tudo. Fotografar uma tigela de *mole* em uma mesa de restaurante é diferente de registrar um tecido sendo bordado a mão por uma senhora que trabalha, ou o rosto de uma criança. Tem gente que simplesmente deseja ser respeitada em sua privacidade. É básico, mas as pessoas esquecem: sempre peça licença antes. Compre algo. Converse. Faça parte do lugar. Entenda que ser um visitante não lhe dá o direito de agir da forma que bem entender. Respeito é bom, e todo mundo sai ganhando.

Com as *señoras* de volta aos seus lugares, cortando nopal com facões e me vigiando com canto de olho, decidi refrescar a cabeça e mudar o foco. Vi uma banca de *tejate*. É uma bebida ancestral, muito típica de Oaxaca, feita à base de uma pasta de milho com cacau e que pode receber nozes, coco, flor de cacau e semente de mamey ou especiarias.

gaía passarelli

> É uma espécie de árvore tradicional do México e da América Central. Normalmente as frutas são consumidas em milkshakes e sorvetes.

Uma vez misturada com água, fica coberta de espuma, dentro de enormes travessas de barro, de onde é retirada com concha e servida em cumbucas de cabaça esmaltada. Aprendi isso enquanto conversava com a *doña* Mary, que há uma década vende *tejate* dentro do mercado. Ela prepara a bebida todos os dias, usando uma pasta-base que pode durar uma semana, se bem armazenada. A espuma por cima, explicou, é obrigatória na apresentação, mas não é todo mundo que curte mesmo — tem textura de manteiga de cacau e o mesmo efeito nos lábios. É uma mistura de doce e amargo, servido sempre geladinho.

O *tejate* abriu meu apetite. A regra básica para seguir em qualquer nova cidade é ver onde está mais cheio e imitar os locais. Se por um lado o onipresente cheiro de carne assada não me animava, por outro as possibilidades da comida vegetariana no México são irresistíveis, com infinitas opções de salsas, temperos e o onipresente combo suco de limão-pimenta-coentro. Escolhi um cantinho onde uma *doña* assava *tortillas* em cima de uma pedra redonda, servindo para um grupo animado de tias que conversavam debaixo de um toldo de plástico para se proteger do sol. Quando perguntei o que tinha, ela nem mencionou carne: *flor de calabaza, queso e hongos* — flores de abóbora, o macio queijo branco local e cogumelos. Comprei ainda alguns pacotes de *tortillas* de milho, que duraram até a volta.

As inevitáveis *catrinas* pintadas com jeitão *made in China*, essas eu deixei passar.

TODO MUNDO

Ushuaia, 2017

"Mira, mira las balenas, maman!"
 Acordei com a voz de uma das crianças, a filha de um integrante da tripulação. Esfreguei os olhos para focar o mar gelado do outro lado da janela, em tempo de ver o movimento fluido das costas de um grupo de orcas que acompanhava o Yaghan. O pequeno cargueiro periodicamente atravessa mares patagônicos, carregando motocicletas, malas, mantimentos, e o que mais as pessoas precisarem, entre Punta Arenas e a vila de Puerto Williams, na Isla Navarino — a cidade mais austral do mundo; território chileno, não mais que um punhado de ruas bem-cuidadas ao redor de uma vila militar.
 A viagem deveria durar algo como um dia, mas estávamos entrando no terceiro. Na mochila, que mantinha comigo o tempo todo no confortável banco de passageiros do andar superior da embarcação, eu levava o básico para encarar uns dias à deriva: vinho tinto, pão salgado, queijo fresco, uma garrafinha de azeite, pó de café (com um

coador que se encaixava na minha pequena garrafinha térmica!) e pedaços de chocolate.

A poltrona reclinava o suficiente para que eu dormisse o quanto quisesse. E o silêncio do salão vazio, a bateria carregada do Kindle e a ausência de sinal de celular resolviam uma situação perfeita para fazer o que faço melhor: divagar olhando pela janela. Orcas, albatrozes, focas e leões-marinhos eram visões extraordinárias. O normal era o mar azul-escuro do extremo sul do mundo, marcado por gélidas ilhotas cheias de pinguins, com ocasionais gaivotas para nos lembrar de que nunca estávamos realmente em alto-mar, e sim adentrando os fiordes da Patagônia. Ademais, eu não me preocupava com o atraso. Ninguém estava me esperando, e eu tinha fugido para o fim do mundo para recuperar algo do ritmo normal da vida, tão fácil de esquecer em São Paulo.

A decisão de ir sozinha para a Patagônia tinha sido tomada cerca de dois meses antes, de forma impulsiva e sem consultar ninguém. Comprei passagens de ida e volta, reservei um Airbnb e comecei a parte de que mais gosto em qualquer viagem: ver mapas, pesquisar histórias, ler ficção, fazer compras. Como quase tudo na minha vida, dei tanta atenção aos pormenores, como uma luva fininha para usar debaixo de outra luva mais grossa, que não me importei com algo essencial: a minha data de chegada marcava, literalmente, o encerramento da temporada de verão.

***

TÁ TODO MUNDO TENTANDO

"Como você pode ver, quase tudo já está fechado. Se precisar comprar algo para seguir em frente, o ideal seria fazer isso o quanto antes, de preferência ainda hoje. Aliás, para onde você vai depois de Ushuaia?"

Pedro, o dono do quartinho que eu tinha reservado por quatro dias como ponto de partida da viagem, estava me esperando, como combinado, no estacionamento do aeroporto. Alto, moreno, de barba branca e cabelo escondido por uma touca de lã, tinha a aparência que eu esperava de um guia patagônico. Suas duas mãos enormes, que tinham jogado sem esforço algum minha mochila no bagageiro aberto da caminhonete, depois de arrancá-la das minhas costas, agora repousavam por cima do volante. Vi sua testa enrugar quando expliquei que, bem, na verdade esperava ficar ali em Ushuaia mesmo, quem sabe ele pudesse esticar o aluguel do quartinho por um valor mais barato do que o do Airbnb, em dinheiro.

"Não, sinto muito, não tem a menor chance. Eu vou fechar a casa e sair de Ushuaia na mesma manhã do seu check-out. Mas fora isso: acredite, não tem muita coisa para fazer aqui em dez dias. Eu reparei nas suas botas e na sua mochila. Você veio fazer trilha."

Respondi que sim, pretendia fazer trilhas, mas por ali mesmo. Quem sabe ele poderia me ajudar a encontrar uma casa de família onde me hospedar? Quem sabe um hotel não muito caro que não fechasse para a temporada? Pedro coçou a barba, deu a partida na caminhonete e olhou pra mim, rindo com um pouco de pena: "Puxa, você realmente não pensou nisso direito, não é?".

Fomos em silêncio pela estrada, saindo do aeroporto até a parte de trás do centrinho de Ushuaia, na subida para

parte II

as montanhas que cercam a cidade. Comecei a explicar que tinha um plano, sim, meio vago, de circular um pouco pelas paisagens ao redor de Ushuaia, ver o farol do fim do mundo, a antiga fazenda dos primeiros colonos, a Carretera Austral, a Baía Lapataia. A única meta real era estar em Calafate em duas semanas, para ver o Perito Moreno e pegar o avião de volta a São Paulo. Meu espanhol enferrujado me impedia de explicar que era um ato de rebeldia, uma forma de fugir da rotina exageradamente rígida que tinha construído para mim mesma nos últimos anos, de me lembrar de que eu também podia, ainda, às vezes, ser uma pessoa livre que fazia as coisas conforme desejos iam e vinham, uma pessoa capaz de seguir fluxos. Mas, no momento, eu só parecia uma viajante com uma mochila grande demais e planos de menos, uma turista com potencial para causar atrasos.

Pedro acenava com a cabeça. Só olhou na minha direção quando mencionei que, se possível, gostaria de atravessar o canal até a Isla Navarino. "Sem problema", disse. "Eu já fiz o que você está fazendo. Vou te ajudar."

$$* * *$$

Os quartos para locação ficavam debaixo da casa principal, de frente para um jardim, com entrada própria, separados da paisagem por um feio muro metálico marrom. Meu quarto era um cômodo único, com cama, mesa, pia, fogão de duas bocas, utensílios simples para cozinhar, um armário sem portas para acomodar a bagagem, e fotos de paisagens da Patagônia nas paredes, além de um moderno e minúsculo banheiro. Depois do jardim, do lado de lá do

TÁ TODO MUNDO TENTANDO

muro, Ushuaia se preparava para encerrar a temporada de verão. Apesar de ter uma história interessante e de estar localizada em uma região linda, a capital da Patagônia argentina é uma cidade sem charme, decorada por fios de energia elétrica, com a paisagem destruída por um enorme cassino de vidro espelhado. Ao contrário do que os argentinos gostam de divulgar em brochuras para turistas e em placas nos hotéis e restaurantes, essa não é a cidade mais austral do mundo. É a cidade mais austral da Argentina, o fim da Carretera Austral, e um importante polo comercial do extremo sul da América do Sul. Mas há uma última cidade mais ao sul, do outro lado do Cabo Horn, em território chileno: Puerto Williams, na Isla Navarino.

A ideia de estar na cidade mais austral do continente veio do desejo de completar uma lista. Eu já tinha estado no ponto mais ao sul do subcontinente asiático (Kanyakumari) e da África (Cabo Agulhas). Depois de visitar o extremo sul das Américas, ficaria faltando apenas a Oceania. Eu tinha lido sobre Puerto Williams em uma pesquisa para a viagem. Era mais um vilarejo do que uma cidade, construído ao redor de um agrupamento militar. É a porta de entrada para o parque nacional mais austral do mundo, onde fica o circuito Dientes de Navarino, uma rota de *trekking* e alpinismo que atrai um punhado de amantes de esportes de aventura, justificando o albergue e o alojamento da ilha. Eu também tinha pesquisado algo sobre o Yaghan, um pequeno cargueiro que faz a rota entre Puerto Williams e Punta Arenas, atravessando o sul do Chile com tratores, caixas de mantimentos, famílias de moradores e um ou outro visitante — como eu.

parte II

Na manhã seguinte, Pedro estava me esperando para o *desayuno*, como combinado, na cozinha da casa dele. Quem fica em Airbnb escolhido mais por preço do que por conforto sabe que não dá para ter frescura e nem para esperar muito luxo. Meu *host* (anfitrião) entregava o combinado: café e pão. Como extra, uma porção de mapas e livros de fotos da Patagônia abertos por cima da mesa. Assim que eu entrei, ele jogou os papéis para um canto, liberando um lugar improvisado no tampo de madeira, e me pediu para ficar à vontade enquanto arrumava a mesa. A casa era tão simples quanto meu quarto alugado, mas atulhada de coisas: caixas de papelão, ferramentas, livros e coisas de cozinha se empilhavam meio sem ordem, mas com o asseio esperado de residências latinas. Dinheiro, ou a falta dele, jamais entram no caminho da limpeza, mesmo no "fim do mundo".

Pedro falava enquanto passava o café, com o rosto ainda inchado de sono, pedindo desculpas pela bagunça, desculpas pelo café barato que tinha comprado em uma das viagens a Bariloche, aonde ia pelo menos duas vezes por ano ver a esposa e a filha, fazer manutenção na caminhonete e comprar mantimentos. Logo pousou na minha frente uma xícara enorme de café preto forte, não diferente das que costumo tomar em casa, e uma tábua de madeira com pão branco recém-assado. "Não tenho nem manteiga e nem geleia, costumo comer pão só com azeite ou mel, tudo bem pra você?" Fiz que sim com a cabeça e ia contar que em casa eu comia exatamente isso, mas ele me interrompeu: "Olha, eu estive pensando sobre a sua viagem".

TÁ TODO MUNDO TENTANDO

Pedro estava acostumado a receber viajantes sem grana como eu, provavelmente lidava com pessoas viajando sozinhas o tempo todo. Era, portanto, bom de puxar papo. Eu, ao contrário, viajava sozinha justamente para ficar sem falar com ninguém. Quanto menos gente, melhor. Estava feliz de baixar na região com a menor densidade populacional do mundo e curtir o silêncio. Minha intenção para a manhã era dar um oi, conversar sobre a data e hora do check-out dali a uns dias, e sair para a rua. Não tive a menor chance.

"Eu vim pra cá há mais de trinta anos", começou, "em uma viagem como a sua, descobrindo coisas para fazer. Mas acabei ficando por mais umas semanas, uns meses. A Patagônia era muito diferente do que é hoje, muito mais selvagem. Me apaixonei pelo lugar e por uma mulher. Uma hora me casei e tive uma filha. Hoje elas moram em Bariloche, onde temos outro Airbnb, por causa da família e da escola. Aqui é muito isolado, muito difícil. Tudo vem de algum lugar, sabe? A vida é cara. Elas ficam melhor lá." Pedro fez uma pausa para suspirar e engatou a segunda marcha: "Muita gente ainda viaja assim, sem planejar, mas na Patagônia você precisa entender algumas coisas. Não que seja perigoso, não, pelo contrário. As pessoas se ajudam muito, você vai ver. O único perigo aqui é o mau tempo".

Olhei pela janela: céu azul. De brigadeiro, como dizemos no Brasil. Perfeito para o que estava pretendendo fazer de manhã, caminhar até o glaciar acima da cidade. Pedro continuou: "E o problema de viajar na Patagônia, claro, são as distâncias. Tudo é muito longe, demora. E às vezes as

parte II

gaía passarelli

coisas dão errado, sabe, carros quebram, gasolina acaba, essas coisas. Se você não viajar como turista comum, e se você tem pouco tempo, então vai precisar se organizar".

* * *

Fui eu que apontei a Isla Navarino no mapa. Pedro pareceu animado: "Eu ia mesmo falar sobre isso com você!". Abrindo mais o mapa, explicou que ali não era mais território argentino, e que os chilenos complicam o acesso. Puerto Williams é literalmente do outro lado do Cabo Horn, mas a viagem exige alugar uma embarcação particular até um posto de fronteira, aguardar horas para fazer a papelada, e pegar um carro até a vila que serve de porta de entrada para *los dientes* — as montanhas têm esse nome por causa dos imensos paredões pontudos, que parecem caninos saindo da terra.

Uma vez lá, combinamos, eu podia pegar um *ferry* e atravessar os fiordes até Punta Arenas, indo por terra até Puerto Natales, para visitar Torres de Paine, o mais conhecido cartão postal da Patagônia chilena, e depois seguir de ônibus até Calafate, já na Argentina, para ver o Perito Moreno. Pedro parou o olhar em uma foto do imenso glaciar, o maior do mundo, uma muralha descomunal azul-claro em contraste com um minúsculo barco de visitantes. "Puxa, eu queria poder ir com você", suspirou.

"Eu gosto do Norte, sabe?" Eu esperei para confirmar o que Pedro considerava como norte. "É quente lá, e é sempre bom tirar o casaco um pouco. Minha filha está bem lá. Foi uma boa decisão. Gosto de viajar para vê-las.

TODO MUNDO

Mas, mesmo quando estou feliz em Bariloche, sinto falta do Sul, sabe? Acho que é o vento."

De fato, na Patagônia toda, mas especialmente em Ushuaia, venta tanto, que as portas dos carros não raro são presas na lataria com fitas grossas de lona, por dentro, para não saírem voando quando abertas. Em dias em que venta demais, as crianças são dispensadas das aulas. Dizem que o vento já descarrilhou o trem e empurrou uma aeronave para dentro das águas da baía.

***

No fim do dia, quando me ouviu voltando para o quarto, Pedro parecia ansioso. "Achei um barco para você. É o último barco da temporada, e é de um amigo. Foi sorte. Sai amanhã às sete da manhã em ponto. Não se preocupe, eu te levo de carro."

Eu estava com sono e, já acostumada ao silêncio de Ushuaia quase vazia e ao conforto do meu quarto alugado, a coisa toda parecia dar muito trabalho, então arrisquei: "E se eu desistisse, ficasse uns dias em qualquer lugar fazendo os programas turísticos normais de Ushuaia e depois seguisse por terra até Calafate?". Mas Pedro já tinha decidido por mim. "De jeito nenhum. Não desperdice essa chance. Atravesse o canal."

Na manhã seguinte, como combinado, apareci para tomar café, e fomos juntos na caminhonete. No píer, pela janela do carro, Pedro apontou: "É aquele barco. Fale com o Martín, ele vai estar te esperando e vai te explicar tudo". E então, meio sem graça: "Tenho um presente para você".

gaía passarelli

Ele tirou um saco de papel de dentro do porta-luvas. Abri para encontrar um pote plástico branco com café moído, e um pequeno coador de pano com aro de alumínio. "Eles não bebem café no Chile, só chá. Esse café é bem forte e deve durar até o fim da sua viagem." Eu não sabia o que dizer. "Notei como você muda de humor depois de tomar café de manhã. Minha filha também é assim."

Fora do carro, como na chegada, ele segurou minhas mãos entre as suas. A voz dele quase sumia no vento da marina. Só então eu entendi que a pressa do Pedro não era para me mandar embora quanto antes. "Obrigada por fazer isso. Tire muitas fotos e aproveite de verdade. Espero que um dia eu possa refazer essa viagem, junto da minha filha. E, por favor, me dê notícias quando estiver de volta ao Brasil." Fiz menção de um abraço, mas os argentinos do extremo sul não abraçam como brasileiros. Não importava: quando o barco saiu, Pedro estava acenando com as duas mãos acima da cabeça, e mesmo de longe dava para vê-lo sorrindo.

* * *

Abri minha garrafa térmica para beber um gole de chocolate quente. A menininha ao meu lado continuou com os olhos vidrados na janela, escaneando o oceano em busca das superfícies brilhantes das orcas.

Mais tarde, quando estava olhando os mapas náuticos amarelos pendurados na parede do corredor, atrás do refeitório, um dos marinheiros parou para conversar. "Saímos daqui, vê? Argentina. Mas não é o fim do mundo",

TODO MUNDO

TÁ TODO MUNDO TENTANDO

disse, sorrindo de lado e apontando mais abaixo. "O fim do mundo é aqui. Daqui pra frente, só gelo. E peixe. E turistas ricos, eles adoram o gelo, mas só pra tirar foto." Eu quis saber onde nós estávamos. "Agora? Por aqui, nesse trecho", ele apontou de forma vaga para um pedaço do mapa onde longos braços de água adentram o continente. Seguimos para Punta Arenas, mas sem previsão exata de chegada. "Difícil dizer. Deveríamos ter chegado ontem, mas pela velocidade chegaremos em algum momento de amanhã." A minha expressão confusa pediu explicações. "Ninguém te disse? Estamos com dois motores quebrados. Mas não se preocupe: temos comida e água para uma semana."

Salvador, 2024

Para uma mulher que podia se gabar de conhecer o mundo quase todo, chegar a um lugar inédito era um tremendo motivo de comemoração. Ainda assim, Martha se espantou com o deleite que sentiu quando o táxi atravessou o túnel de bambus que recebe os visitantes ao entrar em Salvador pelo aeroporto internacional.

Ela nunca ia deixar de se espantar e se deleitar, jamais ia se cansar da alegria de chegar a um lugar novo. Sem filho preocupando, sem vizinhos solícitos, sem amigos querendo escolher o programa. Sempre esteve muito bem aonde quer que fosse, em Andorra ou em Pequim, em Ciudad Panama ou no Cairo, em Paris ou Gaza. Esteve bem nas longas temporadas tentando se transformar de viajante em residente do México, do País de Gales, do Quênia, de Cuba.

A inquietude sempre vinha. Só agora enxergava que tinha passado a vida construindo lares para se desfazer deles. Aos oitenta e tantos anos, sabia que não haveria mais tempo para ler e escrever tudo que queria ter lido e escrito, visitar todos os lugares que não visitou e ainda revisitar os lugares que amou. Envelhecia, então, em Londres, numa casa com o tamanho e a pompa de suas economias, pequena, simples e toda sua. Um local onde dormir, escrever, beber, fumar, receber pessoas, enfeitar a sala com flores. Quem sabe, enfim, descansar. O sofá de visitas na sala decorada em azul e branco, o móvel com uma garrafa de bebida sempre à mão — e, ainda assim, não havia conforto que espantasse a sensação de sufoco. Nos últimos anos, os convites para visitas, excursões, temporadas e reportagens vinham rareando. A vida se apequenando.

Tentava não se importar, satisfazendo-se com a vida local, com o círculo de amigos que tinha conquistado, pessoas com quem fumar, e beber, e falar de livros, filmes, peças, lugares, lembranças. Tinha viajado muito na vida, muito mais do que a vasta maioria das pessoas. Sentia que tinha feito sua parte, deixado uma marca no mundo, mas ansiava por mais uma batalha, mais um problema, mais uma história, mais um amor. Um conflito derradeiro para narrar, traduzindo aquilo que via para que outros também pudessem ver. Estar em casa era muito bom, mas depois de três semanas você tem que ir a algum lugar. E Martha começou a buscar uma forma de, uma vez mais, ir à guerra.

E então: Brasil. O país continental que ela tinha, de alguma forma, contornado, e que agora a chamava. Não foi difícil convencer um amigo — editor de uma revista literária importante — da relevância de uma reportagem com seu olhar, com sua voz, com sua experiência sobre as chacinas de crianças de rua no maior país da América Latina. Durante semanas, foi tomada do frenesi familiar: reuniu fatos, fez telefonemas, articulou contatos. E embarcou, cruzou o Atlântico, pousou primeiro no Rio e depois na capital da Bahia, onde ficaria em um bom hotel e teria alguns dias livres antes de começar de fato a circular, entrevistar pessoas e apurar.

Essa parte, aos 87 anos, Martha Gellhorn tirava de letra. Na juventude, tinha aprendido a convencer editores de que ela, uma mulher do Sul dos EUA era a pessoa certa para ver e contar sobre a Guerra de Inverno entre Finlândia e Rússia, a Guerra Civil Espanhola, os conflitos sino-japoneses, o desembarque na Normandia, a invasão estadunidense no Vietnã. Na velhice, tinha entendido: nunca faltaria problema no mundo para ser visto de perto, e ela sempre seria a pessoa certa para ver e contar. As guerras não eram mais o que tinham sido, mas a coragem, sim; a coragem daqueles em solo, daqueles que precisavam seguir vivendo as próprias vidas em meio aos conflitos que não criaram. A coragem que ela temia perder quando em casa, que ela temia deixar de enxergar. Era essa coragem que tinha vindo buscar.

Martha se sentia bem na América Latina, mas tinha se sentido estranha em vários lugares ao longo da vida. Deslocada e irritada na Rússia, no Oriente Médio. A altura e a cabeça loira a destacavam como alienígena na China, no Japão. As memórias traumáticas a perturbavam em Cuba, na Alemanha. E em lugar algum se sentia verdadeiramente em casa, por isso seus muitos anos de vida tinham passado rápido, sempre em deslocamento, sempre buscando o que fazer depois.

Mas nas Américas, fosse na sua St. Louis passada, no Panamá ou em Porto Rico, Martha se sentia bem. Amava o sol quente, o mar azul, as roupas leves, as bebidas geladas, a variedade de cores, climas e sotaques. Tinha visto de perto miséria suficiente para saber que a América Latina não era uma terra mágica de seres humanos sorridentes apesar das circunstâncias, como nos cartões postais. Mas também tinha visto o suficiente do mundo para saber que, sim, havia magia, felicidade e fartura, mesmo nos lugares mais duros.

Estava no Brasil para visitar, e também a trabalho: escrever sobre a matança de crianças de rua, que tinham tomado o noticiário mundial após uma chacina no Rio de Janeiro, em 1993. A pesquisa prévia exigiu semanas de leituras, telefonemas e desencontros, e a tinha preparado para mais uma cobertura triste, mais uma viagem perigosa. Mas esse era o trabalho de uma vida, e sabia que chegar até sua idade, fazendo o que fazia, era muito mais uma questão de ter tido sorte na vida do que de sensatez ou talento. Tampouco carregava ilusões sobre suas dificuldades presentes.

A realidade imposta era de dores nas juntas, maus humores, exaustão, má digestão, infecções nos ouvidos. E, pior, de olhos deficientes que pediam mais que óculos: exigiam verdadeiras lupas sob luz forte para ler qualquer coisa. Sua letra corrida, no passado fluída e legível, como provado por milhares de páginas escritas, tinha se transformado em blocos quadrados de letras de forma meio infantis. Os problemas atuais eram indisfarçáveis para quem a encontrava pessoalmente, e sempre causavam algum constrangimento.

Martha se irritava com o óbvio desconforto de quem a via pela primeira vez — esperavam o quê? A mesma repórter intrépida de 1945? Ora, se agora ela tinha o dobro de idade, também tinha o dobro de experiência, o dobro de histórias a contar! Carregava a própria mala e também suas rugas com orgulho. Ainda tinha as pernas fortes e as costas retas. Tinha memória e, mais importante, tinha muito a dizer. Se podia viajar nos seus próprios termos, algo tão essencial para manter a mente fértil, não perderia uma única chance.

A constante sensação de ter visto pouco do mundo, quando tinha visto tanto, era culpa da falta de visão que se instalava? Sabia que tinha visto mais, muito mais, do que quase todo mundo. Não era Marco Polo nem Freya Stark, mas era o mais perto disso que alguém chegou nesses tempos. E ainda assim: sentia pouco. Tinha sempre estado em busca de outras coisas, sempre em movimento, sempre procurando algo sem saber o quê. Com o tempo, havia deixado de tentar pertencer a qualquer lugar. E agora, chegada aos quase 90 anos, temia não ter mais a força necessária para conseguir.

E então: Salvador. Aclimatar, ser turista, pegar sol, comer bem, aproveitar o calor, ir à praia, estar sozinha na multidão. E trabalhar. Nunca era tão feliz quanto ao estar sozinha em uma nova cidade. Nunca ficava tão satisfeita quanto agora; descarregando a mala pequena sem ajuda do taxista; fazendo check-in no hotel; pedindo um drink gelado ainda na recepção; arrumando o quarto para os próximos dias; dormindo sozinha em uma cama nova, limpa, arrumada; sentindo-se ansiosa pelo dia seguinte.

Na primeira manhã, após o café no saguão principal do hotel, um antigo convento transformado em hospedagem de luxo, Martha botou um vestido leve, colocou os óculos escuros, apanhou chapéu e bolsa, e saiu pela porta da frente, disposta a fazer o que fazia melhor: flanar. Amava caminhar a esmo, descobrindo as coisas conforme as via. A visão prejudicada pela idade tornava impossível fazer isso de noite, então queria aproveitar a luz dura da manhã de sol.

Partiu na direção da descida do Santo Antônio Além do Carmo para o Pelourinho, centro nervoso turístico da capital baiana. Repetiu o caminho e o programa na manhã seguinte, encontrando um contato que a ajudaria com a reportagem. O dia seguinte passou com amigos de amigos que queriam mostrar a cidade. Durante as tardes, ficava no conforto fresco do quarto de hotel, batalhando para colocar no papel as primeiras impressões. Incapaz de escrever em cursiva, agora usava páginas e páginas de cadernos espiralados, escrevendo em grandes letras de fôrma. Era uma parte essencial do seu trabalho, claro, registrar tudo que a cabeça esqueceria de uma noite para a outra. No passado, não levaria mais de uma ou duas horas. Agora, esse mesmo processo vinha lento, doloroso, cada palavra custando a sair da cabeça para o papel, acabando com a energia para aproveitar o fim de tarde ou a noite na cidade.

Na manhã do quarto dia, saiu vestindo as mesmas cores e o mesmo chapéu, com o mesmo plano de todos os dias. Sabia que sua cara, roupa e altura de gringa não ajudavam a passar despercebida, mas a vida a tinha ensinado a caminhar sem dever nada a ninguém. Em Salvador, como em Hanói ou em Cartagena, era fácil perder o foco falando com vendedores de passeios, de colares de contas, de fitinha de amarrar no pulso, de mesas em restaurantes para turistas. Mas Martha sabia que o queixo alto e o olhar firme para a frente eram soluções eficientes contra qualquer tipo de intruso. A irritação de ser abordada na rua era menos intensa que a irritação de não enxergar bem onde pisava e demorar a fazer sentido do que via, mas ela preferia usar a independência como desculpa para seguir adiante.

Botou, então, os pés fora do hotel para fazer o passeio de manhã cedo, antes do sol forte. Saiu por uma porta lateral, esperando descer as escadarias até a Praça Thomé de Souza e o Elevador Lacerda. Pretendia vagar, se perder entre outros passantes locais ou turistas numa manhã de sol forte e brisa fresca.

E então: Salvador. Na década de 1990, era uma cidade histórica já transformada pelo turismo em massa, que vinha destruindo de maneira irreversível tantos lugares em todo o mundo. Torcia para que Salvador fosse uma cidade com personalidade forte o suficiente para não sucumbir. Apesar das centenas de anos, era uma cidade jovem em comparação com as cidades asiáticas e europeias que Martha conhecia, confirmando sua impressão de que quase tudo nas Américas era jovem.

Uma exceção eram as construções dos povos que existiam antes da invasão dos europeus. Outra exceção era ela mesma: um monumento ancestral, forjado num tempo que não existe mais. Fosse há vinte, trinta anos, essa viagem teria sido outra. Estaria ansiosa por ir atrás de uma história, estaria atrás de companhia, não teria hora para partir. Apertaria o passo, mudaria rota, correria para despistar. Mas, agora, não. Agora a travessia das ruelas de pedra era lenta, para não dizer perigosa, e ela não tinha escolha a não ser seguir devagar.

TÁ TODO MUNDO TENTANDO

E, então: Martha, caiu.

Se descuidou, não enxergou um paralelepípedo desnivelado no caminho. Um tombo simples, em silêncio, uma fração de segundo de distração, e caiu estatelada de bunda no chão. Não era seu primeiro tombo, tampouco o pior. Aos 86 anos, tinha caído e se machucado incontáveis vezes. Mas agora, na velhice, seu corpo falhava de maneiras indizíveis enquanto ela fazia o possível para mantê-lo funcionando. Queria continuar envelhecendo com pernas capazes de a levar para os lugares que ainda queria ver, para os lugares que queria rever, contar as histórias que ainda não tinha contado. Era inevitável: assim como a visão, a audição e os pulmões, os joelhos também falharam. E falharam ali, na descida do Santo Antônio Além do Carmo, entre um cortiço e uma calçada, nas pedras alisadas por séculos de passos, chuvas e ventos.

Assustada, buscou sinais no corpo de alguma fratura — medo maior, que certamente derrubaria planos. Negativo. Recomposta, alcançou rapidamente os óculos escuros, o chapéu e a bolsa. Se apoiou sobre os dois pulsos para se levantar, mas a força dos braços também falhava. Não tinha articulação suficiente para se levantar sozinha, uma falha mais desconcertante do que os tantos pés e pernas que passavam apressados na altura de seus olhos, desviando do seu corpo, sem oferecer o socorro que ela não queria, mas do qual precisava porque tinha pouca tolerância ao desespero.

A ajuda veio de mãos estranhas e sem rosto. Um homem irreconhecível com algo de confortável na voz: "Esse fardo é seu, carregue-o". Ainda no chão, entendeu: era a

parte II

mesma frase que tinha escutado de um desconhecido em um trem na Alemanha, sessenta anos antes, quando conversavam sobre a possibilidade de uma nova guerra — ela, jovem e cheia de empolgação pelo mundo, duvidava; ele, que vivia uma Europa em reconstrução, tinha certeza. A mesma frase, escondida no fundo da memória, agora emergia com novo sentido, num novo momento da vida, na boca e na voz de um homem desconhecido que lhe oferecia as mãos para a levantar.

Martha aceitou a ajuda. O estranho a ergueu com uma mão só, num movimento ágil. Anônimo, o homem era ao mesmo tempo um velho e um menino. Tinha o couro curtido num corpo sem rugas, a mão grande com veias firmes, o rosto indefinível na sombra do chapéu. A mesma mão que a ergueu de repente repousava sobre a sua. O estranho, agora acompanhante, sorria com os olhos escondidos, um moço solícito ajudando uma senhora idosa a caminhar, dois anciãos andando devagar na manhã quente, um guia levando uma turista para ver algo bonito e gastar dinheiro. A subida ia na direção contrária daquela que Martha tinha planejado, daquilo que ela queria ver, da movimentação de formigueiro de Salvador. O acompanhante a levava para fora da ação.

Ao longo da vida, Martha odiava ser levada. Tinha evitado, sempre, seguir uma decisão que não fosse sua. A natureza escorpiana estava presente, a necessidade de ser quem conduz. Mas o novo amigo, parceiro, colega a direcionava em silêncio, com passos curtos e suaves sobre o passeio de pedra. Passaram pelo largo do convento, por paredes coloridas, por cafés, lojas abrindo, crianças correndo, mulheres

TÁ TODO MUNDO TENTANDO

montando tabuleiros. Passaram pelas frentes das casas com janelas abertas para o dia que esquentava. Passaram suave e discretamente morro acima, numa subida lenta e muda, até a praça na frente da igreja, onde não havia mais para onde subir e de onde se via o mar.

Martha ainda não tinha mergulhado no mar da Bahia, e agora parecia improvável que um dia mergulhasse. Até pouco tempo atrás, seria motivo de irritação. Não mais. Sua impossibilidade era apenas outro fato incontornável como as guerras que tinha visto, como os amores e as amizades que tinha vivido, os fatos sobre os quais não precisava mais se debruçar. Era seu fardo. Agora podia apenas debruçar o corpo por cima da mureta da praça, olhando o terreno baldio que descia largo entre ela e o oceano Atlântico, vendo nada além da luz do céu contrastando com a suave curvatura da Terra.

Então: o mundo se fechando. Salvador, uma cidade da qual ela não conseguiria contar, porque só a via sem enxergar, sem mergulhar no mar, na vida, nas vielas, nas histórias. Sem a energia, a saúde, as forças necessárias. Apenas com a firmeza de caráter, já que a força física, enfim, falhava. Martha sempre soube que não veria o suficiente enquanto vivesse, mas não esperava que seria literalmente abandonada pela visão, esse sentido primordial com o qual contava até para poder imaginar, seu maior companheiro desde a primeira história — e que agora dizia adeus.

O acompanhante soltou seu braço e desapareceu para dentro da praça. Martha não soube seu nome e agora já esquecia a sensação do toque, a jornada caminho acima. Du-

parte II

vidava se a voz, a frase do passado, tinha vindo dele ou de sua própria imaginação. Na impossibilidade de enxergar, sua cabeça pregava peças — primeiros sinais de senilidade. O mal presente se tornando um futuro ruim, comendo todos os ganhos do passado. Martha ergueu o queixo e riu a risada que permitiria, enfim, suportar a dor de mais um retorno para casa.

***

Martha Gellhorn (8 nov. 1908, St. Louis - 15 fev. 1998, Londres) foi a maior correspondente de guerra do século 20. Seu primeiro livro, publicado em 1936, registrava a miséria dos mais afetados pela Grande Depressão no sul dos EUA. Em mais de cinquenta anos de carreira, Martha cobriu da guerra entre Rússia e Finlândia, em 1939, até a invasão estadunidense no Panamá, na década de 1990. Foi a única repórter a participar da invasão da Normandia, disfarçada de enfermeira, e da descoberta do campo de concentração de Dachau. Foi amiga de personagens-chave do século 20, como Eleanor Roosevelt, Robert Capa, o casal Leonard Bernstein e Felicia Montealegre, os escritores George Orwell, John Pilger e Lillian Hellman. Martha montou residências em diversas cidades nas Américas, Europa e África, até enfim se estabelecer em Londres nos anos 1990. Escreveu livros de memórias, relatos de via-

gem e romances de ficção. Sua obra mais famosa, *A face da guerra*, de 1959, saiu no Brasil pela Objetiva. Martha morreu em casa, aos 89 anos, após organizar papéis, enfeitar a casa com flores e ingerir uma cápsula de cianeto. Ela tinha câncer de ovários e fígado, e estava praticamente cega. De fato esteve em Salvador em 1995, para escrever sobre os assassinatos de crianças de rua, reportagem que chegou a entregar, mas que não foi publicada pela revista literária *Granta*, então a cargo do editor Ian Jack. E ela chegou mesmo a tomar um tombo em alguma parte da cidade, que arrancou parte da pele do braço esquerdo, dificultando seu trabalho e impedindo sua atividade preferida: mergulhar no oceano.

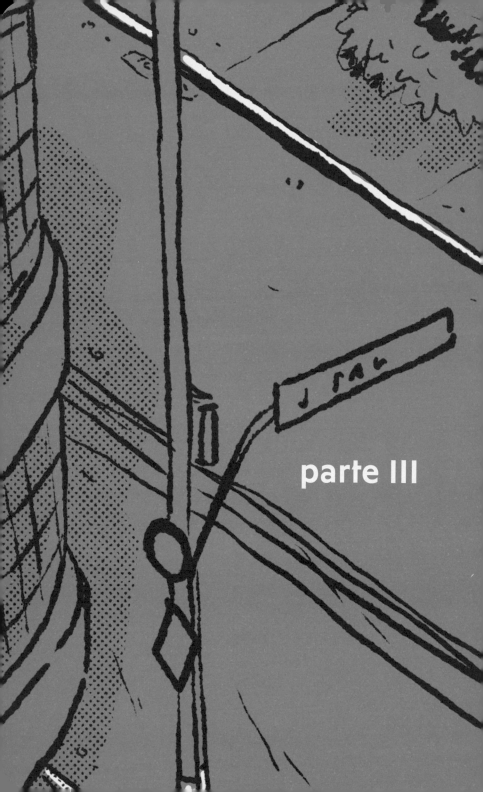

parte III

Lá vou eu

Quando prefeita, a Luiza Erundina batizou São Paulo de a "cidade dos mil povos". Me lembro disso quando passo pela Avenida Paulista e vejo uma grande caixa de vidro espelhado no lugar onde esteve a mansão dos Matarazzo, que Erundina quis transformar em Museu do Trabalhador. Era um plano e tanto. Considerando que a Paulista há muito deixou de ser corredor financeiro para se tornar coração cultural da cidade, imagina que bom seria ter um museu popular encarando a Fiesp? Nunca. São Paulo é essa cidade sem memória que implode casarão histórico para subir shopping center no lugar.

A "minha" São Paulo é um clichê paulistano: sou descendente de imigrantes europeus que fugiram de seus lugares originais, buscando trabalho e oportunidades — sem documentos, o que complica demais minha vida toda vez que tento buscar informações. Não tenho romantismo com isso e nem sei direito quem veio de onde. Sei que meus ancestrais foram pessoas não prósperas, porém livres. Minha melhor dica, além de fotos que talvez eu herde da minha tia, é um livro enorme chamado *A história da imigração no Brasil*, de 1978, que lista centenas de famílias de várias partes do mundo que chegaram aqui nos séculos 19 e 20. O livro lista alguns verbetes Passarelli, e por lá sei que minha história tem um tetravô vindo da Itália central. Esses Passarelli vieram com a família, se tornaram agricultores, empresários e comerciantes, e esqueceram a pobreza anterior. Talvez seja isso que meus avós contavam tanto para mim, para minha irmã e nossos primos, histórias sobre diluir leite em água, contar dinheiro, revezar sapatos para ir à escola. Na época eu virava os olhos, hoje gostaria de ter feito todas as perguntas possíveis, ter escutado muito mais vezes as mesmas histórias, aprendendo algo de novo a cada vez.

Mas, na época, eu não queria, e meu jeito de me revoltar foi descobrir quais eram as outras São Paulo que minha família não mostrava. Com uns 13 anos descobri o lado B do centro da cidade, varando noites no Espaço Retrô, atrás da igreja da Santa Cecília, esperando a manhã pra poder voltar de ônibus. O Bixiga, os botecos da Roosevelt, os restaurantes populares da Avenida São João e uma convivência com jovens que devem ter acabado em igrejas evangélicas, penitenciárias ou debaixo da terra antes dos 18. Nesses lugares construí minha ideia própria de São Paulo. Não foi em casa que aprendi a enxergar a injustiça e a diversidade da cidade. Talvez porque meus pais nunca falassem sobre isso comigo, preferindo me deixar flutuar ao redor das trupes de artistas-vanguardistas-paulistanos que frequentavam nossa casa.

gaía passarelli

Quando cheguei à idade jovem adulta, exercendo o papel de jovem branca de classe média, que era trabalhar em loja de shopping durante o dia e fazer supletivo à noite, de repente, fiquei deslumbradíssima com outra coisa muito urbana e muito diversa: a música eletrônica noventista. As drogas, sim, claro, muitas, mas também a política *all are welcome* das pistas de dança majoritariamente gays das madrugadas de São Paulo, entre a Santa Cecília e os Jardins, na Penha e nas periferias. Por um momento muito breve, na virada dos 1990 para os 2000, tudo fez muito sentido, e o futuro era brilhante. Sinto muitas saudades do futuro.

Tive outras cidades, vividas por outras versões minhas. E tentei, juro, tentei muito, mas sou incapaz de romper com São Paulo. Me conformei em viver num apartamento perdido na cidade, achando bonito o sol refletido nos espelhos dos prédios, em paz com o caos da metrópole, tentando acreditar que as coisas vão melhorar — como cantou a Rita Lee.

Quimera

São Paulo não existe. É uma cidade diferente para cada uma das almas que habitam este enorme pedaço de chão. Não há unidade quando se têm vinte milhões de habitantes — dados do último censo, divulgado em 2022. Seguimos contando. É uma amplitude inimiga de qualquer registro confiável, e uma verdade para qualquer grande cidade do mundo: existem partes demais para tentar descrever.

São Paulo existe através de vinhetas. A vista da janela do meu apartamento é tão São Paulo quanto a visão da balsa entre o Grajaú e a ilha do Bororé. A minha São Paulo é diferente da São Paulo do meu vizinho de prédio. Quando estamos falando de situação social (portanto: de privilégios), a minha cidade é muito parecida, mas apenas isso, com a cidade da minha irmã. Quando estamos falando de afinidades, a minha cidade tem muito em comum com a cidade dos meus amigos mais próximos. Mas, por mais que repartam endereços e experiências, a cidade de duas

parte III

gaía passarelli

pessoas jamais é idêntica, ainda mais quando parte da população vê a cidade através das janelas dos carros, e outra parte improvisa morada nas calçadas. Eu mesma vejo o sol ou a chuva chegando pelas frestas entre os prédios. Quase sempre é escuro, mas às vezes bate sol.

São Paulo é uma cidade quase toda muito feia. O feio da cidade está nos fios de energia elétrica amarrados em postes que acabam tortos pelo peso. No barulho da britadeira entrando através das paredes, antes das oito da manhã de um sábado. Nas empenas pintadas de bege. Nas janelas cobertas por toalhas servindo de cortinas. Na grade de ferro solta na frente do ponto de ônibus da Avenida Nove de Julho, cujo barulho, há anos, acorda os moradores dos prédios próximos. No lixo molhado acumulado depois das tempestades de verão. Nas manchas de fuligem grudadas nas mobílias. Na história do café, que se disfarça de orgulho para tentar esquecer da escravidão. Na erva daninha que cresce sem controle, alimentada pelo sol e pela chuva em qualquer pedacinho de calçada.

Essa São Paulo da qual você não pode se esconder toda vez que coloca o pé fora de casa é o mais perto que existe de uma São Paulo de verdade. São Paulo da fila de desabrigados pedindo um prato de comida ou qualquer coisa que ajude a sobreviver na missão do Glicério. Das famílias acampadas debaixo de plástico preto nas ruas paralelas da Paulista. Dos dependentes de crack vagando pelo Anhangabaú, cuja reforma custou milhões aos cofres públicos. Das pessoas que encaram rotinas de três, quatro horas dentro de transporte público lotado porque, você sabe, a economia não pode parar.

TÁ TODO MUNDO TENTANDO

É impossível olhar pra essa São Paulo e dizer: "Ah, que linda" — não dá. É preciso não romantizar essa cidade. Parar de fingir que o horror cotidiano de São Paulo é menos importante que os modernistas de 1922, que os heróis da revolução perdida de 1932, que o Obelisco do Ibirapuera, que a arquitetura de Higienópolis, que a imponência da Catedral da Sé, que a riqueza cultural do Bixiga, que a originalidade da vanguarda paulistana, que a beleza dos edifícios do Ramos de Azevedo, que a eletricidade das juventudes periféricas. O horrível e belo, o miserável e rico, a fome e fartura convivem na mesma calçada.

São Paulo só será a Grande Metrópole Sul-Americana a que se destina quando olhar a sua miséria com a mesma atenção com que olha seus ricos; quando der à sua desigualdade a mesma atenção que dá ao seu passado; quando colocar no combate ao horror cotidiano a mesma força que colocou em seu histórico de progresso. Enquanto São Paulo se recusa a olhar para o que tem de pior, continuará relegada ao papel de capital inventada por uma suposta elite cultural: uma cidade ultrapassada e ineficaz.

Modo de usar: festinhas de apartamento

Entre os modismos atuais da modernidade paulistana estão festinhas de apartamento, surubas e "Borderline" (o hit da Madonna).

Gosto de "Borderline" e das festinhas de apartamento.

É divertido e funciona em tempos de crise galopante, porque ninguém tem 40 reais para gastar em um único drink no bar bonito da vez, e em casa dá pra levar a garrafa inteira de gim — e outras coisas também, lícitas ou não.

Nesse esquema cada um leva o que/quem quiser, a faxina é por conta do dono da casa e de quem se dispuser a ajudar na manhã (tarde, noite) seguinte, com cara amassada e aquele gosto horrível na boca, espantando a ressaca moral com uma passada de pano na pia.

Também tem aquela informalidade marota e um fator-surpresa bom, porque você nunca sabe com quem vai esbarrar no cantinho do cigarro improvisado na área de serviço, entre o tanque cheio de gelo e cerveja, e as vassouras apoiadas na parede.

O ideal, claro, é não exagerar ao levar gente extra pra casa do anfitrião, muito menos aparecer sem ser convidado. Mas, depois de certo horário, isso meio que sempre acontece (informalidade, lembra?), e talvez você encontre um antigo colega de trabalho, uma amiga de infância, um ex-*crush*. Talvez a amiga que você levou (depois de confirmar com a dona da casa que tudo bem!) encontre a terapeuta, as duas bêbadas e evitando olhares. Talvez, ali no corredor entre o banheiro e a cozinha, você esbarre numa pessoa desconhecida com potencial para ser o amor da sua vida, que você vai esquecer em algumas horas. Talvez você acabe sendo o DJ da festinha e comandando o Spotify *"Something in the way you love me won't let me be"*, porque hoje todo mundo é DJ mesmo.

Talvez você coma cogumelos, outro modismo atual totalmente dentro da legalidade, e tenha um ataque de risadas delicioso com alguém que nunca viu antes, enquanto sua amiga da escola está encostada na parede, se atracando com seu antigo colega de trabalho, e daí, quando o riso acabar, qual era a piada mesmo? *"If you want me, let me know, baby, let it show"*, alguém passou a mão na sua bunda e nem é o caso de pegar mal, acredite, porque há duas certezas sobre festinha de apartamento em São Paulo hoje: a primeira é que vai tocar alguma antiga da Madonna *"You keep on pushing my love over the boooooorderline"*) e a segunda é que vai acabar na pegação generalizada. E as duas coisas não precisam estar ligadas (apesar de que "Justify My Love" tem cheiro de playlist de transa).

A pegação geral pode se desenvolver pra uma suruba mesmo, e talvez isso aconteça no quarto, mas pode ser que seja na sala, depende da disposição e informalidade geral. Claro, existe suruba planejada também. Tal dia, horário, endereço. Recipientes com camisinhas. Algumas regras ditas, outras subentendidas. Trilha sonora. Luz boa. Eu mesma não frequento, mas sei que existe. A não ser que todo mundo esteja inventando essas coisas, e eu acredite em tudo. Acredito inclusive que as pessoas seguem transando solta e animadamente até a completa exaustão nos finalmentes da festinha — não sei dizer com certeza, já que sempre vou embora cedo.

Por quê? Sempre tem alguém pra perguntar. Não é uma pressão, é mais uma curiosidade mesmo; afinal, se é sexo tem que gostar, não é pressão, mas meio que é sim. Poderia responder que, olha só, meu amor, há uma epidemia de sífilis acontecendo, a vida lá fora é uma selva, sabe? Aqui dentro, no caso. No apartamento. O médico do postinho de saúde contou que tá rolando muita gonorreia também e, pelamordedeus, quem precisa disso? Minha amiga diz que é para eu parar de me explicar: não tá a fim e pronto, vai ser feliz do seu jeito. Obrigada. Isso significa pegar minha bolsa, às vezes casaco, chamar elevador e um carro, e ver o que acontece depois em outro lugar, normalmente em casa e sozinha. Mas ainda pensando: não é isso exatamente e nem isso apenas. É não gostar da sensação de "lembro, mas preferiria não lembrar". É não querer encontrar aquele antigo colega de trabalho ou a amiga da escola ou, misericórdia, um ex-*crush* mal resolvido na pegação coletiva.

TÁ TODO MUNDO TENTANDO

É tudo muito sofisticado, o mundo já foi mais simples. Mas as festinhas de apartamento, adoro. Podem me chamar, prometo ir embora sem alarde quando for a hora, sem incomodar ninguém com meu resguardo de mocinha vitoriana. Também prometo tocar "Borderline" quando atacar de DJ. Um hit é um hit.

parte III

Estação Consolação

O maluco que berra sobre o fim do mundo está dentro da estação Consolação, logo após as catracas, na direção da escada rolante do lado Centro. Deve ser por causa do frio, que bate raros sete graus em São Paulo. Ele vocifera algo sobre Hecatombe, o fim dos tempos, a batalha final da humanidade. Tem jeito de cheirar a roupa suja e leite azedo, usa um terno marrom duas vezes seu tamanho, tem cabelos compridos ralos ao redor da careca redonda e, apesar do frio, tá todo suado. Ele está sempre por perto da saída da Consolação, onde passo quase diariamente, mas nunca parei pra ouvir o que diz. Primeiro, porque o barulho é alto demais. Segundo, porque receio que ele comece a falar diretamente comigo. Normalmente ele tá falando pra ninguém.

Subo as escadas rolantes e penso quando foi que São Paulo começou a ter esse fluxo de gente digno de capital asiática. Talvez eu fique demais em casa, mas não me lembro de ser assim quando eu era adolescente, nos anos 1990, pelo menos não fora de situações como saída de grande

TÁ TODO MUNDO TENTANDO

evento ou o horário de pico na estação da Sé. Contudo, a muvuca da noite ao redor da esquina da Paulista com a Consolação é outro tipo de pico, é um rush com energia de descarrego, um fuá. Todo mundo correndo em direção ao fim de semana, pra longe do trabalho e da faculdade e pra dentro do que quer que seja necessário para espantar a poeira da rotina. Outro dia, quando ainda era verão, passei por aqui com um amigo gringo, e ficamos vendo uma travesti de biquíni preto, descalça, numa performance circular ao redor de um poste de trânsito, acompanhada de um cara com uma guitarra e outro com um pequeno teclado. Uma cena maravilhosa.

Hoje não tinha nada assim, na pegada de delírio tropical, mas tinha os vendedores de qualquer coisa ocupando a porta de saída, seguidos pelo batalhão de hippies exibindo artesanato feio na calçada na frente do Center 3. O guitarrista magricela vestido de Pikachu (que já encontrei no ônibus de manhã, eu a caminho do trabalho e ele com a roupa de Pikachu, dormindo abraçado ao estojo da guitarra e os pés por cima do amplificador) ocupa o mesmo lugar onde, tradicionalmente, o Elvis da Paulista se apresenta aos domingos. Descontando a calçada do Trianon, esse deve ser o metro quadrado mais disputado por artista mambembe na área.

Tem uma roda ao redor de um menino também. Acompanhado de um colega fazendo beatbox, ele declama algo que parece urgente, mas que fica escondido debaixo das palmas ritmadas do público e do barulho dos ônibus partindo no sinal que acabou de abrir. Uma turma de garotas trans sai do prédio da Anhembi Morumbi e passa pela

gaía passarelli

senhora latina que vende bijuteria feita com cordões coloridos, na frente do café de cadeia gringo. Ao lado, um casal jovenzinho faz um dueto de violino. É a melodia de "O Mio Babbino Caro", a ária emotiva que todo mundo reconhece de comercial ou de filme. Paro pra ver, porque música clássica-meio-brega é comigo mesma, e me emociono porque eles são bem ensaiados. Ao final, se beijam, as pessoas aplaudem, e eles passam o cartaz: estão pedindo dinheiro para poderem se casar. Não sei se o casar deles é uma questão de cerimônia ou de coisas práticas, tipo comprar geladeira. Provavelmente os dois, talvez um truque. Mas funciona: moedas e notas de dois reais caem no estojo de violino aberto.

Ainda nem cheguei à esquina. Não falei do doidão de barriga de fora e camiseta por cima da cabeça, que de tanto em tanto tempo encontro perto ali dos prédios dos bancos, provocando os seguranças. Às vezes acho que tô ficando louca, como esse maluco e como o senhorzinho da Hecatombe dentro da estação. Esqueço de comer, tenho pensamentos obsessivos, alimento expectativas impossíveis. Mas no fuá da avenida percebo que não sou só eu. É o nosso tempo. Hoje mesmo, depois de comer pastel de nata na doceria portuguesa ao lado da casa de sucos, vi uma mulher caminhando rápido na minha direção. Ela carregava uma pastinha plástica e vestia roupas normais, do tipo de trabalho em escritório, calça preta, camiseta, uma malha, uma mochila mais para o prático do que para o bonito, sapatos sociais baratos, cabelo preso num coque. Chamava a atenção porque estava furiosa, gritando pro nada algo sobre "isso não vai ficar assim, você vai ver, isso não pode

TÁ TODO MUNDO TENTANDO

ficar assim, eu vou lembrar". Achei que estava falando num telefone, quem sabe no fone de ouvido, mas não. Ela estava falando, gesticulando com os braços enquanto andava, e estava falando pra mim, depois pra pessoa atrás de mim e pra pessoa atrás da pessoa atrás de mim, falando pra quem pudesse escutar: o mundo está acabando, mas isso não vai ficar assim.

parte III

Vão do MASP

O senhor que está sempre sentado ali na frente do MASP hoje parece mais bravo que o normal. É um senhor de pele morena, que está sempre com um violão, sentado no degrau ao lado da fonte que faz esquina com o prédio em obras. Se você passa na frente do MASP com frequência, com certeza já viu, ele está sempre ali. Não sei bem quando chegou, tampouco de onde veio. Mas sei que ele fica ali na expectativa de deixar o tempo passar. Ele não pede dinheiro, não tem um pote ou chapéu ao lado para receber qualquer troco. Ele só fica ali olhando a avenida passar.

Já tem uns dias que instalaram uns andaimes por causa da limpeza e do restauro da fachada do museu, o que deixou a calçada mais estreita e o trânsito de pedestres um pouco pior. Mas certamente isso não está nas coisas mais complicadas do dia a dia dele, desse senhor cujo nome e história desconhecemos, que está ali há meses, todos os dias, menos nos dias da feira de antiguidade, quando a população de rua dá lugar aos estandes, um tipo de acordo

TÁ TODO MUNDO TENTANDO

que não sei se foi verbalizado e cuja dança vemos aos domingos.

Quando dedilha o violão, ele toca olhando pra nada em especial, às vezes cantando com uma voz baixa que é sufocada pelos decibéis da faixa de ônibus. Mas normalmente tem os olhos na avenida que passa: gente que corre com tênis de academia de manhã, grupos de pessoas com crachás no pescoço na hora do almoço, frequentadores do Charme da Paulista, todo tipo de camelôs e artesãos, em especial aos domingos, PMS a pé, de bicicleta, de carro ou a cavalo — não é estranho que a Paulista seja uma das avenidas mais policiadas da cidade e a campeã em furtos de celular?

O tio do violão, que é a alcunha dele na minha cabeça, também tem visto gente de rua, como ele, cada vez mais. Das pessoas de rua, nas quais eu reparo, ele me parece um dos mais constantes. Está sempre com sua bagagem, uma mala preta enorme, de tecido barato, que fica assentada ao seu lado e que às vezes ele usa de apoio para tocar, como se fosse um muro de casa ou uma árvore de praça, com o cigarro caindo no canto da boca. Não requer esforço imaginá-lo em São Luiz do Paraitinga, entre os violeiros no Mercado Municipal, numa tarde de domingo, dividindo pratinhos de torresmo e golinhos de cachaça.

Esses dias ele raspou a cabeça, talvez por causa do calor excessivo e sufocante que faz cada vez mais na cidade. Sei que a Paulista é um dos lugares mais frescos, por causa da altura e porque a avenida faz um tipo de corredor de vento, mas, mesmo por aqui, em março a temperatura pareceu bater uns quarenta graus. Nos dias de muito frio do

parte III

gaía passarelli

ano passado, ele estava lá também, de gorro e casaco. Imagino que a mala preta grande carregue cobertores, saco de dormir, mudas de roupa. Talvez ele seja uma das pessoas que passam as noites no vão do MASP. Talvez ele passe o dia ali e de noite vá para um albergue — espero que sim, mas o que sei eu dos albergues que a Prefeitura oferece? Já pensei em parar e conversar, mas tenho medo da história que vou ouvir e da responsabilidade que a conversa traz. O que faço é menos que o mínimo, uma decência menor, mais pra me dar um senso de moral do que algum outro benefício real: eu falo oi.

Quase todos os dias, sempre pela manhã, quando passo ali a caminho de uma coisa ou outra, eu falo oi. Antes, nos reconhecíamos pelos olhos, mas com o passar do tempo aprendi que posso balbuciar um oi e fazer um aceno de cabeça, que ele responde do mesmo jeito, sempre com um semblante sério e irritado. Ele não é aquele clichê de Pessoa Brasileira Que Sorri Apesar das Enormes Dificuldades. Não. Ele é a cara do Brasil: não tem pra onde ir e está puto com a vida. Ele tem toda a razão.

Bela Vista

Ser criança na cidade foi meio sem graça. Não tenho lembranças tipo jogar bola na rua e outras memórias idílicas, que parecem mais a infância dos meus pais do que a minha. Da minha infância, depois de mudar de Ribeirão Pires para a Vila Madalena, lembro que a gente queria mais ou menos o que as crianças de hoje querem, que é jogar videogame e brincar com bonecos de plástico.

Minhas memórias de crescer na cidade são de aprender a fazer as coisas sozinha: atravessar a rua, buscar pão na padaria, devolver vhs na videolocadora, voltar da escola, ir à mercearia comprar refrigerante levando casco de vidro para retornar, talvez usar o troco para comprar bala ou figurinhas. Mudou um pouco quando comecei a pegar ônibus sozinha, aprendi a caminhar sem chamar atenção e comecei a descobrir a cidade com meus pés. Não me importava de andar dez quadras para ir à loja de quadrinhos, ou vinte até a saída da escola dos meus amigos, só para voltar com eles para casa. Na pré-adolescência,

parte III

a turma começou a fumar cigarro, cheirar benzina e tomar os primeiros porres. E me tornei especialista em atalhos, escadões e nas linhas de ônibus da Zona Oeste, um pacote extraviado sempre fora do alcance da minha mãe.

Quando me mudei de bairro, fui da Vila Madalena para Moema. Eu tinha 14 anos. Imagina? Eram tempos pré-internet ou telefone celular, e perdi todas as referências, inclusive os amigos do colégio. Precisei criar outras. Saía de casa sem destino certo, inventando que ia ao shopping (era o que tinha pra fazer em Moema) ou à casa de uma amiga, só para andar. Nem reparava muito nas coisas, apenas andava. Essas andanças acabaram me levando a outras partes: Santa Cecília, República, Consolação. E o apego por caminhar nunca cessou. Em diferentes fases, casas, viagens, sempre andei muito.

> Cerca de dez quilômetros de distância entre os bairros.

E em bairro algum gosto tanto de andar quanto na Bela Vista, esse novelo de ladeiras, grafites e casarões desmantelados, a periferia do centro de São Paulo. A parte de cima da Bela Vista tem ruas retas, decoradas por prédios bonitos, com janelas enormes e fachada de pastilhas. Mas a Bela Vista muda conforme vira Bixiga, descendo na direção do Centro, transformando-se num bairro histórico e real, com cortiços na iminência de desbarrancar durante as chuvas de verão.

Caminhando pela Bela Vista, vejo que foi aqui que cresci. No terreiro nos fundos daquela casa, um pai de santo do Candomblé me disse que eu precisava aprender a nadar no vagalhão, porque minha vida seria uma sucessão

TÁ TODO MUNDO TENTANDO

de vagalhões e calmarias. Aprendi a rezar naquele terreiro da Rua Santo Antônio. Naquele castelinho reformado, ajudei uma amiga a montar uma exposição sobre cultura DJ. E dancei na quadra da Vai-Vai, atravessei por baixo do viaduto andando por cima de gente de rua, comprei arruda na loja do Preto Velho, comi no restaurante bom mas meio caro que fica dentro do sacolão.

Ali na Brigadeiro, na altura da Major Diogo, ganhei uma bênção de um mendigo para quem dei dinheiro. Na época eu era mais destemida e menos criteriosa, e conversando com ele contei que era meu dinheiro do ônibus, mas que não tinha problema, porque eu podia ir andando, e ele precisava comer. Ele perguntou aonde eu ia, e eu disse que ia a Moema, e era verdade, eu estava indo para a casa dos meus avós, que não existe mais (nem a casa, nem os avós). Ele quis me devolver o dinheiro, e falei que não, porque eu gostava de andar, o que também era verdade. E ele me pediu licença, me pegou pelos ombros e me deu um passe, ali no ponto de ônibus da Brigadeiro, perto da Major Diogo. Disse que eu nunca ia precisar ter medo de andar na rua, porque na rua nenhum mal ia me acontecer. E nunca aconteceu. Mas sempre imagino que é numa rua de São Paulo que minha hora vai chegar.

Atravessando para a Liberdade, tem aquela igreja com um velário no subsolo, que só os aflitos de São Paulo conhecem. Um lugar escuro e quente, com cheiro de parafina e tristeza, mas com alguma coisa de esperança também — afinal, só reza quem tem alguma esperança no coração.

No Baixo Augusta, que também é Bela Vista, as lembranças são extremas: fui expulsa daquela boate por estar

parte III

cheirando cocaína atrás da cortina, terminei um caso com um peguete num boteco horroroso com luz verde, entrei muito no café daquele hospital para comprar bomba de chocolate, antes de voltar pra casa de madrugada, e doei sangue no hemocentro que tem no subsolo. Também aprendi a comprar castanhas para fazer leite na loja de produtos orgânicos da Frei Caneca, e comprei muito frango assado com batatas no Vinhares para comer em casa com meu filho, aos domingos. Em mais de vinte e cinco anos frequentando a área, sambei com o Bloco Soviético numa esquina, tomei um fora do cara de quem eu gostava numa travessa e dei uns beijos no escuro vendo *Kids* com o moço de cabelo tingido de vermelho, que eu adorava, no cinema da Augusta.

A Bela Vista não entrou no título do essencial *Brás, Bexiga e Barra Funda*, do Alcântara Machado, porque na época ainda não tinha esse nome. Não importa. Ela vai constar em um livro meu no futuro, bem no título. Um livro com a Bela Vista e suas microrregiões. Porque foi aqui que escrevi um livro quase inteiro, na mesa, perto da janela, no 11º andar de um apartamento na Peixoto Gomide — um livro inteiro que joguei fora (virtual e fisicamente) quando me mudei de rua, no começo de 2020.

A Santa Cecília e sua lógica*

O distrito de Santa Cecília fica na Zona Central de São Paulo. Segundo o site da Prefeitura, ele tem (quase) quatro quilômetros quadrados e 83.717 habitantes — isso de acordo com o censo de 2010. Fica entre a Vila Buarque, que é mais perto do Centro, e Higienópolis, que é perto do Pacaembu, na direção dos bairros da Zona Oeste. Tem uns 350 bar & lanches, mais de 500 manicures, algo em torno de 34 cafeterias, umas vinte academias e um punhado de bancas de jornal que ainda vendem mais revistas do que brinquedos.

Os moradores da Santa Cecília vivem em fusos diversos, a depender da profissão (ou falta dela). Há quem acorde e corra para pegar o ônibus e subir a Angélica, na direção da Paulista ou de Pinheiros, para trabalhar. Há quem acorde tarde o suficiente para começar o dia no Jhony's. Não tem certo e errado.

parte III

A estação de metrô homônima fica atrás da igreja dedicada à santa e no meio do caminho entre a Praça da Sé e a Palmeiras-Barra Funda. Talvez por isso seja um universo à parte, no meio do caminho entre lógicas de centro e bairro, fértil em terrenos valiosos esperando a hora de serem ocupados pelas incorporadoras — um processo que já começou, mas que ainda é menos visível do que, por exemplo, Pinheiros.

É um bairro onde lixeiras acordam reviradas e onde é normal pagar vinte reais numa cerveja *long neck*. Na Santa Cecília há comércios normais de bairro como oficinas de costura com máquinas operadas por senhorinhas de mãos ágeis; papelarias que vendem cadernos escolares; fruteiros que todas as manhãs ocupam esquinas com tabuleiros cheios de abacaxis, mangas e tamarindos; amoladores de facas; vendedores de mandioca. Esses convivem com lojas de produtores independentes onde velas caseiras podem custar 150 reais, e com cafés-galerias de arquitetura de linhas sóbrias e opções de *snacks* sem glúten. Há pelo menos um bar, que oferece *open bar* de gim, perto do cabaré que há anos se estabeleceu como porto seguro para shows de *drag queens*, que está ao lado de uma casa do norte tradicional.

Na Santa Cecília, os ônibus ficam restritos às avenidas, menos se a linha for até o Terminal Amaral Gurgel, debaixo do Minhocão, difícil de encontrar se você não souber onde é.

Entre quinta e domingo, e nos feriados também, a partir das cinco da tarde a praça começa a ser tomada por cadeiras e mesas, e não raro tem apresentação de música ao vivo. Sempre tem um Fusca velho, decorado com bonecos de plástico e demais tralhas, parado ali na frente da farmácia da esquina. A casa do antigo Espaço Retrô deu lugar a um estacionamento, ao lado de um brechó em cuja vitrine sempre tem um cachorrinho dormindo. Aos finais de semana, o bairro sempre (sempre!) recebe alguma feirinha — as que ficam nos CEPS da Vila Buarque acabam contando para o status da Santa Cê.

Na Santa Cecília há gente de rua circulando com sacos de lixo nas costas, no verão, e com cobertores cinza enrolados no corpo, no inverno. Senhorinhas de bobes amarrados com panos coloridos na cabeça, arrastando carrinhos ao ir ou voltar do sacolão. Jovens de *croppeds* deixando a barriga sarada à mostra e carregando o celular e a carteira naquela *side bag* de lona colorida que em 2023 todo mundo tem, almoçando entre funcionários de comércio local nos bar & lanches, onde a montanha de arroz no prato tenta disfarçar que o feijão é pouco. As pessoas de outros bairros caçoam da Santa Cecília como clichê boêmio, mas a região é mesmo dos bar & lanches: há dezenas deles, todos mais ou menos parecidos, com funcionamento que começa servindo café e pão de manhã, passa pelos PFS dos almoços e termina com frituras e cervejas depois que escureceu. Vários fecham aos domingos. Mas não o Jhony's, que em 2023 abriu mais uma unidade perto da Santa Casa, com parede de trepadeira de plástico e neon colorido para turista tirar foto.

Ao redor da praça, de vez em quando um cadáver é encontrado na calçada e um bar novo abre dentro de um prédio. Há pelo menos duas lojas de artigos de macumba, uma livraria *cool* e a Calçada da Fama, obra da filha de um

gaía passarelli

antigo cantor da boemia, que fica na frente de um prédio (sim!) de comida japonesa.

Aos poucos, as unidades do Madrid se tornaram Mambos. A fila do frango da japonesa, aos domingos, continua lá. Se estiver demorando muito, você pode aceitar o panfleto que dois jovens estão entregando e descobrir que o restaurante de almoço gostosinho na Barão de Tatuí também faz frango assado de domingo — uma competição sadia, porque os dois são ótimos.

Nesse peculiar pedaço do centro, que tem o nome da padroeira dos músicos, tem blocos de carnaval que fecham ruas inteiras de uma vez, e blocos de carnaval que levam crianças para dar voltas no quarteirão, cantando marchinhas com uma banda de escola. Também tem carro de som divulgando ações das famílias judias que habitam mais para o lado de Higienópolis, como bazares e festas da juventude israelita.

Na falta de uma praça de verdade, tem o Minhocão, apelido do Elevado João Goulart (que já chamou Elevado Costa e Silva) onde aos domingos as pessoas substituem os carros e correm, se esticam, passeiam ou estendem panos no asfalto para tomar sol ouvindo música. É uma coisa difícil de entender, o Minhocão. O viaduto liga a entrada da Zona Oeste com o Centro e passa por cima/atravessa Barra Funda, Santa Cecília, Vila Buarque e Consolação. É uma coisa de São Paulo, não uma coisa de um bairro, mas é sobretudo a Santa Cecília que ele margeia, e por isso o bairro tem pelo menos três vias de acesso ao Elevado, entre o metrô Marechal Deodoro e a Albuquerque Lins. Aos sábados, domingos e feriados, o Minhocão concentra todos os clichês

TÁ TODO MUNDO TENTANDO

do bairro: casais passeando com doguinhos, famílias procurando algo para fazer, jovens circulando com caixinhas de som, skatistas, ciclistas, gente da rua e turistas. Falta, por enquanto, promotores entregando panfletos dos prédios que estão subindo na área. E uma unidade do Jhony's.

●●●

* homenagem a **O Mandaqui e sua lógica**, crônica de Vanessa Barbára, no livro *O louco de palestra e outras crônicas urbanas* (Companhia das Letras, 2014).

Hurricane

A Guaicuí é uma ruela de um quarteirão em Pinheiros, hoje tomada por bares e restaurantes que ficam abertos todas as noites. No começo da Guaicuí, sentido de quem desce para a Marginal, havia uma casa de paredes vermelhas desgastadas, com a porta preta sempre fechada e a janela do primeiro andar quase sempre aberta. Era o Hurricane.

Em longevidade, ali na Guaicuí o Hurricane só perdia para o Capivara, um boteco ancestral que continua lá. Mas, ao contrário do Capivara, que evoluiu o serviço de cachaças e caldos para cervejas diversas e petiscos, expandindo o bar para o ponto ao lado e colocando mesas nas calçadas, o Hurricane sempre existiu com certa discrição, funcionando mais ou menos da mesma forma, servindo mais ou menos as mesmas coisas, como se emulando a personalidade do dono, um irlandês magro e caladão chamado Pat, que chegou sem dar muita explicação em meados dos anos 1980.

No começo dos anos 1990, Pinheiros ainda era um bairro majoritariamente residencial, atravessado por algumas ruas comerciais e que tinha como coração o antigo Mercado dos Caipiras. A ideia de Pat era criar um bar local, um tipo de pub abrasileirado para ser frequentado pelos moradores do bairro na volta do trabalho e que ele mesmo gostasse de frequentar — afinal, passaria a maior parte do tempo ali. As transformações de São Paulo cuidaram para que o bar não saísse bem como ele queria. Mas, como planejado, Pat passou a maior parte da vida ali.

O irlandês gostava de contar, limpando copos atrás do balcão, como tinha vivido os anos do punk na Inglaterra, antes de se mudar para o Brasil em 1985. Magro, com braços e pernas compridas, cabelos ralos e loiros, olhos cinzentos e pele do tipo que fica rosada quando faz calor, Pat se vestia basicamente com camisetas de banda e calças jeans e destoava dos moradores da Guaicuí — na época, casais de idosos e famílias.

Quando lhe perguntavam sobre deixar Dublin por São Paulo, desconversava. Alguma coisa sobre a desesperança dos anos Thatcher no Reino Unido, que qualquer brasileiro que viveu os anos 1990 em São Paulo só pode entender com certo espanto, para não dizer ironia.

Mas Pat veio, se apaixonou pela urbanidade cinzenta de uma cidade que na época ainda tinha garoa, aprendeu a torcer pelo Brasil durante a Copa de 1986 e foi ficando. Quando o pai morreu na Irlanda, em 1988, Pat voltou a Dublin para o enterro. E, dois anos depois, retornou a São Paulo com o bar que tinha sido do pai (e do pai do pai!), que atravessou o Atlântico desmontado, dentro de um container, para ser instalado no pequeno sobrado na Guaicuí, o qual Pat comprou e reformou com o que restou do dinheiro da herança. Em 1991, o Hurricane estava pronto.

O próprio Pat não se lembrava da noite de abertura, da primeira cerveja servida, da primeira música tocada. Não importava. Uma vez pronto, o Hurricane fez sentido, como se existisse por direito na diminuta Rua Guaicuí, atrás do Largo da Batata, sempre com Pat no balcão.

$$* * *$$

A entrada era por uma portinha preta com batente vermelho, que abria para uma escada para o andar superior, um corredor inclinado de degraus estreitos com paredes decoradas por fotos e cartazes de bandas como *Black Flag*, *Sham 69* e *The Fall*, mais os rabiscos que os frequentadores deixavam nas paredes, as quais, com o tempo, foram ganhando aparência de tronco de árvore descascada.

A escada dava direto no bar. Esse ocupava todo o andar superior do sobrado, um grande balcão de madeira escura com apoio de latão dourado para os pés e bancos de tecido vermelho desgastado. Debaixo do balcão ficava o freezer e, atrás, uma parede espelhada com armários e estantes.

Pat cuidava do balcão pessoalmente, com o mesmo cuidado do pai e do avô, lustrando com cera de carnaúba pelo menos uma vez por semana, mantendo limpas as prateleiras, brilhantes os espelhos e em bom funcionamento as luzes. Já o estofado decrépito dos bancos, que ganhava no máximo uma passada de aspirador de pó, denunciava a viagem transatlântica e combinava com o jogo de sofá e poltronas de couro marrom, comprado por Pat num antiquário da Avenida São João, com cinzeiros embutidos nos braços — inutilizados em 2009, quando o então governador José Serra proibiu o fumo em ambiente fechado em todo o estado.

Pat tinha lidado com essa proibição da mesma forma como lidava com outras: mal. Nunca tinha acatado direito. O imóvel era dele, ele pagava os impostos e, da porta para dentro, deveria ter o direito de fumar onde quisesse, como estava sempre disposto a explicar com um cigarro apagado no canto da boca, enquanto limpava um copo, pegava uma cerveja no freezer debaixo do balcão ou abria um vinho.

Desligado das raízes irlandesas, a bebida de Pat não era Guinness ou whisky: era vinho. Pouco depois de abrir o bar, tinha descoberto o gosto pelos tintos da América do Sul, empolgado com a ótima oferta e os bons preços, e montado uma pequena adega ao lado da cozinha, normalmente para uso próprio, raramente para servir. A maior alegria de Pat em uma noite normal do Hurricane, além de ter alguma música do Jam reconhecida, era quando algum cliente pedia vinho — ele puxava papo e encontrava ali um novo amigo, com quem mais tarde, no fim da noite, poderia abrir uma garrafa, por conta da casa, quem sabe até acender um cigarro clandestino perto da janela, que dava para a rua e vivia aberta.

O Hurricane não tinha cozinha. Para acompanhar as bebidas, no começo Pat vendia salgadinhos de pacote com preços superfaturados. Tinha comprado a casa barata nos anos 1990 com a ideia de montar também uma loja de discos com hamburgueria, mas durou pouco: comida dava muito trabalho; e vender discos, mais ainda; então acabou ficando só com a parte de bebida e montando uma pista com um palco minúsculo no térreo, que só abria de quinta a sábado, um espaço acessado pelo quintal, um pequeno pátio interno com cadeiras e mesinhas de metal, e luzes coloridas penduradas.

Depois do balcão do bar, o piso dos dois andares era o que o Hurricane tinha de melhor: tábuas de madeira escura corrida, amaciadas por décadas de pisões e pisadas com todos os tipos de solados, as quais durante anos Pat cuidou de encerar.

***

Nos primeiros anos, o Hurricane era frequentado principalmente por órfãos do Dama Xoc e do Aeroanta, dois bares essenciais da noite paulistana na virada dos anos 1980–1990, por onde passaram de Titãs a Ramones, de Nação Zumbi a Buddy Wolf, em geral, gente que Pat conheceu em suas primeiras noitadas em São Paulo.

Como o espaço era pequeno demais, e a rua ainda era sobretudo residencial, as experiências de shows de bandas nunca vingaram. Por isso, Pat liberava a discotecagem na pista, que ganhou isolamento acústico para conter as justificadas reclamações dos vizinhos.

Aos poucos, o Hurricane virou ponto de encontro de punks e góticos, que podiam ouvir Inocentes ou Bauhaus, e Pat chegou até a sair numa edição do Jornal da Tarde, junto de outras casas da época, como Espaço Retrô e

Hoellisch, o que rendeu algumas semanas de bar lotado e uma invasão de carecas do ABC, que, pela primeira vez, fizeram baixar polícia no bar.

Quando Pat anunciou que não ia mais colocar música e que ia deixar o bar fechado por um tempo, usou as reclamações dos vizinhos como desculpa oficial. Mas contou para quem ajudou a encerar o chão e fechar as janelas que, na verdade, era por medo. Tinha visto disso na Irlanda, mas, em São Paulo, carecas e punks não eram como água e óleo, e sim como um barril de pólvora e uma caixa de fósforos — pra virar tragédia era rapidinho, e ele não queria esse tipo de problema nem para si e muito menos para os vizinhos, ainda mais os mais velhos, que nos últimos meses tinham parado de entrar ou sair de casa quando o bar estava aberto.

Assim, Pat fechou o bar e foi viajar. Passou seis ou sete meses num mochilão solitário pela América do Sul. Quando voltou, reabriu o bar. Mas só o bar e o quintal, sem discotecagem e shows. Começou a exigir documento para quem entrasse pela porta, o que afastou quase toda a clientela jovem. E, disposto a criar outra clientela menos problemática, se virou distribuindo filipetas nas lojas de discos e de instrumentos musicais da Teodoro Sampaio, do outro lado do Largo, atraindo principalmente funcionários que apareciam depois do expediente.

$$* * *$$

Uns três meses depois de Pat voltar de viagem, chegou Tônia, uma colombiana baixinha, de cabelos castanhos cacheados e com a boca sempre pintada de vermelho. Tônia apareceu um dia de braços dados com Pat, num sábado à tarde, para ajudar a abrir o bar. E foi ficando, colocando ordem no bar e no dono dele.

Foi de Tônia a ideia de colocar mais luzes no quintal, de servir empanadas pré-assadas esquentadas em um forno elétrico, de aumentar o cardápio com drinks gelados e fáceis de servir em copos plásticos e de transformar a garagem em pista, criando uma programação musical eclética, com noites de sons caribenhos, de ska-punk, de dub-reggae, de rock nacional. Também foi Tônia que insistiu em contratar alguém para ajudar a limpar o balcão e passar cera no piso, supervisionando o funcionamento do Hurricane com uma atenção que o próprio Pat nunca teve.

O pessoal da Guaicuí — e quem conhecia Pat de antes da viagem — diz que Tônia foi a única mudança de verdade nos mais de trinta anos de vida do Hurricane. Foi depois da chegada dela que o bar passou a fazer parte da rua. Se Pat era a alma do bar pra dentro, Tônia era a imagem do Hurricane pra fora. Ela sabia o que se passava nas casas de todos os vizinhos, chamava frequentadores pelo nome e ajudou a organizar a primeira associação de moradores da Guaicuí, que existe até hoje.

Em 1997, Pat e Tônia se casaram no cartório da Antônio Bicudo, com presença da família dela e de frequentadores do bar. A celebração foi com um churrasco na rua, com música e a presença de todos os vizinhos. Foi a única vez em que Pat liberou a cerveja de graça.

$$\ast\,\ast\,\ast$$

TÁ TODO MUNDO TENTANDO

A sugestão de Tônia de reabrir a pista, claro, fazia todo o sentido. A partir de 2010, com a abertura da estação de metrô ali do lado, conforme a região e a própria Guaicuí foram perdendo casinhas e ganhando bares, comércios e prédios, Pat penava para lidar com a concorrência de bares mais modernos, que vendiam comida e ofereciam mais variedade de cervejas e drinks. Quando o primeiro bar moderninho abriu, em um estacionamento de carros na Guaicuí, Tônia apostou que botar gente pra dançar significava vender mais bebida. E acertou.

Gostava de dizer que a pistinha tinha feito Pat sorrir de novo. Que tinha a ver com o dinheiro, bem-vindo, ainda que nunca muito, mas que também tinha a ver com música. Estava certa nisso também.

A pistinha na garagem era escura, um retângulo de paredes pretas e teto baixo, com duas caixas de som suspensas em tripés e algumas luzes coloridas. Não tinha decoração ou lugar para sentar-se, mas Pat tinha espalhado dois cestos de lixo e dois latões de metal. O foco era a pequena cabine de DJ, no fundo, onde no passado tinha sido o palco, construída em uma tarde com blocos e nichos para guardar equipamentos. Os dois toca-discos eram usados nas noites de dub-reggae e sons caribenhos, aos sábados, quando o lugar ficava cheio de uma mistura de dub-heads, editores da BBC importados de Londres, e jovens da comunidade latina de São Paulo, numa babel étnica e sonora que acabava no horário de abertura da estação de metrô.

Depois de estabelecida a rotina da pistinha de quinta a sábado, Pat se animou o suficiente para começar a promover churrascos para amigos, pelo menos um domingo por mês, no pequeno pátio aberto.

parte III

Nesses domingos, o jeito caladão e reclamão que Pat tinha no comando do balcão do bar dava lugar a uma personalidade solar, um irlandês piadista de risada alta e solta, citando Beckett e Heaney, Yeats e Wilde, em declarações de amor para a esposa. O bar mesmo não abria aos domingos, mas os vizinhos estavam sempre convidados, e mais de uma vez aconteceu de chegar gente procurando o bar e acabar ficando.

Esses churrascos de domingo se tornaram uma tradição secreta da Guaicuí. Os frequentadores dos bares da rua, que nessa altura já tinha ganhado o status não oficial de calçadão, não tinham ideia de que naquela casinha, em um domingo qualquer, alheios à cacofonia de latões e JBLS na rua, uma turma de amigos de diferentes nacionalidades, experiências e histórias se reunia num quintal.

Ninguém sabia direito qual trama tinha unido um punk irlandês e uma moça colombiana. Ninguém sabia por que Pat tinha vindo para São Paulo. Ninguém sabia bem por que ali, naquela rua. Mas tudo se encaixava, e ninguém perguntava. Amigos se contentavam em ver os dois dançando juntos "Lover's Rock", do Clash, perto da hora de fechar, um de frente para o outro, ele magricela, branco e alto, ela forte, morena e baixinha, ambos dando sentido para mais uma noite de trabalho.

***

Quase trinta anos depois da abertura, quando a Guaicuí já tinha virado reportagem na Vejinha e os sobrados deram lugar a outros bares e restaurantes, inclusive com mesa nas calçadas, o Hurricane seguia ali, com clientela leal.

TÁ TODO MUNDO TENTANDO

Mais tranquilo em comparação aos outros bares da rua, mas bastava abrir a porta para entrar alguém.

Pat não disfarçava o desprezo pelos vizinhos barulhentos, tinha ódio das caixas de som nas calçadas e assumia rancor dos empresários novos, bem-nascidos e bem-conectados que tinham transformado a rua em ponto turístico, expulsando os moradores residenciais.

Ali no começo da rua, o Hurricane ficou como um registro da transição de uma época para outra, e exemplo da louca e imparável especulação imobiliária de São Paulo.

A tomada do bairro por novos empreendimentos comerciais estava rolando desde pelo menos 2011, na esteira da reforma do Largo, da avenida Nova Faria Lima e do Mercado Municipal de Pinheiros. O que sempre tinha sido Largo da Batata agora era Baixo Pinheiros e comemorava a troca dos combalidos comércios populares do Largo por bares e lojinhas modernas, ao gosto do novo público.

Essas transformações são a história de São Paulo, visível em todos os bairros e regiões da cidade, e têm no Largo da Batata um exemplo notável: o largo nasceu como ponto de comércio no lombo de mulas, foi região periférica em relação ao Centro, quando este ainda era chamado de "Cidade", teve trilhos de bonde e casas de operários — como a do Hurricane. A pequena rua Guaicuí era resquício dessa época de sobrados do começo do século passado. Raros escaparam de dar lugar a prédios, se transformando em comércios charmosos. Era mais fácil chamar a atenção na forma de bares e restaurantes frequentados por ricos influentes do que como residências de classe média.

parte III

gaía passarelli

Uma reportagem que Pat leu no balcão do bar, tomando um vinho em silêncio, ao lado de Tônia, terminava dizendo como seria uma pena perder aqueles espaços de convivência para canteiros de obra. Dos dez entrevistados para a reportagem, apenas dois eram moradores do bairro. Ambos idosos.

***

Nos dias em que a rua estava menos tomada de gente, Pat evitava deixar o Hurricane aberto até de madrugada. Primeiro, porque guardava essa energia para os finais de semana, quando tinha garantia de vender mais cerveja noite adentro. Segundo, porque os outros bares da Guaicuí também fechavam, e ficar aberto sozinho aumentava as chances de assalto.

A primeira vez que o Hurricane foi roubado, nos anos 1990, o fato quase passou despercebido. Na época, Pat guardava copos, estoque de bebidas e material de limpeza em um quarto de serviço no fundo do quintal. A porta de madeira tinha um buraco no lugar da fechadura, por onde passava uma corrente. Era uma noite de pouco movimento, e, de alguma forma, com o bar aberto e funcionando, alguém cortou a corrente com um torque, atravessando os itens quase sem valor por cima do muro e através da casa vizinha, que na época estava vazia (e hoje não existe mais). Só ao fechar o caixa e descer para pegar vassouras no quartinho, que também não existe mais, foi que Pat notou o roubo. Nessa noite, ele acabou na delegacia, mais para buscar entender como a coisa tinha acontecido.

TÁ TODO MUNDO TENTANDO

Depois do primeiro roubo, Pat derrubou o quartinho dos fundos, construiu os dois banheiros para o público e tornou a área do quintal parte do bar. O dinheiro do caixa nunca ficava no bar, ia com Pat para casa, um sobrado alugado em outra rua pequena do bairro, perto da Vupabussu. Em vinte anos, Pat foi assaltado três vezes na rua, na saída do bar, com o dinheiro em um envelope pardo. Ficava pistola, claro. Mas nunca era dinheiro gordo, que fizesse grandes diferenças no final do mês.

Outros assaltos e roubos aconteceram ao longo dos anos na Guaicuí, como quando um prédio grande começou a ser construído na parte de trás do quarteirão. O canteiro de obras que dava acesso aos fundos de várias casas foi usado como entrada e saída de assaltantes, que às vezes arrebentavam janelas e entravam sem ninguém perceber, e às vezes surpreendiam moradores ou comerciantes. Houve pelo menos dois casos graves, nenhum no Hurricane, incluindo uma vez que o assaltante amarrou a família e fez a limpa na casa, saindo com televisão, fogão e afins pela porta da frente, onde um carro esperava. E outra, em 2018, quando um grupo entrou pelos fundos, armado, querendo roubar o caixa de um bar recém-aberto. O segurança estava presente, e teve troca de tiro. Os assaltantes também saíram pela porta da frente, de mãos vazias. O segurança, baleado na barriga, morreu no hospital na mesma noite. Nos últimos anos havia falatório sobre arrastões, mas sempre na miúda — mesmo sendo verdade, os donos dos bares tinham a preocupação de não espalhar a notícia, evitando marcar a rua como local pouco seguro ou dar ideia para outros assaltantes à procura de novos alvos.

parte III

Com o tempo e as mudanças nos sistemas de cobrança, Pat e Tônia raramente tinham dinheiro vivo no bar. E, quando montou a pista improvisada na garagem, Pat não quis gastar com equipamento de som, temendo atrair ladrões. Montou um sistema simples, porém eficiente, considerando o tamanho diminuto do espaço, que não faria grande prejuízo se roubado.

E, também pressionado por Tônia, pela primeira vez instalou um sistema de alarme na casa. Só funcionou uma vez: num feriado de Sete de Setembro quando, com o bar fechado, Pat e Tônia ficaram em casa. Contaram que deu para ouvir o barulho de longe, antes mesmo de receberem o sms automático do sistema. Chegaram um pouco antes da polícia e encontraram a porta da garagem forçada para cima, levantada o suficiente para uma pessoa pequena passar. Os fios dos toca-discos estavam desconectados, como se alguém ainda tivesse puxado para levar e desistido no caminho.

$* * *$

No velório, todo mundo concordou que os sinais estavam dados, como se Pat tivesse sido avisado desde o primeiro roubo. Concordavam também que a Guaicuí não era mais lugar para um bar doméstico, sem controle de entrada e saída, com a porta aberta. Que a rua e o bairro tinham mudado, e que eles não tinham acompanhado.

Mas não houve unanimidade quanto à sequência de fatos da noite de meados de fevereiro, logo antes de começar o Carnaval, em que o casal foi morto a tiros enquanto desmontava os restos do churrasco de domingo.

TÁ TODO MUNDO TENTANDO

"Não era nem para terem feito churrasco no dia", disse um. "Devíamos ter ficado até mais tarde", disse outro. "Ainda bem que fomos embora, podíamos ter morrido também", disse um terceiro (mas só para a esposa). Ninguém tinha visto qualquer movimentação estranha. Domingo, raras exceções, era o dia em que a Guaicuí fechava. A rua estava tranquila.

Como sempre nessas ocasiões, Pat montou a churrasqueira no quintal, os amigos chegaram trazendo diferentes comes e bebes, o dia passou com sol forte. Alguém pode ter deixado uma porta aberta, disse a polícia mais tarde, porque não havia sinais de arrombamento. Outra sugestão foi que quem agiu pode ter entrado durante o churrasco mesmo, sem chamar a atenção, ficando escondido na pista, onde ninguém passou durante o dia.

Pat e Tônia estavam bebinhos quando geral foi embora, por volta das sete da noite. Mas eles nunca bebiam demais, e não havia motivo para qualquer pessoa imaginar que o casal não conseguiria terminar a arrumação, ir para a casa e acordar tarde na segunda.

Quando todos os convidados foram embora, Pat tinha acabado de abrir uma última garrafa de vinho. Tônia trouxe um par de taças limpas, e ambos se sentaram nos degraus do quintal, vendo as pequenas lâmpadas coloridas em fios fazendo moldura para o céu. O que aconteceu depois que o último convidado passou a porta e foi embora, ninguém viu.

Os amigos, os colegas e os vizinhos só souberam na tarde de segunda, porque uma amiga tinha esquecido um carregador de celular e foi ao bar, preocupada com as

gaía passarelli

mensagens enviadas e não respondidas. Encontrou a porta encostada, as luzes acesas, o cheiro ruim vindo do quintal, os dois corpos baleados na cabeça, a garrafa de vinho e as taças largadas no chão.

De alguma forma, ninguém viu ou soube como, mas sumiram as caixas de som, a mochila, o toca-discos, as garrafas de bebida, o dinheiro do caixa da noite anterior, o computador, a bolsa, a carteira, o celular. Nada muito novo, nada que valesse muita coisa. Mas para alguém, de alguma forma, valeu dois tiros.

Na semana seguinte, a portinha preta da Rua Guaicuí estava fechada. Não abriu. Como Pat e Tônia não tinham herdeiros, o imóvel foi a leilão público. O grupo de amigos mais próximos tentou se organizar para comprar, mas acabou perdendo o lance para uma incorporadora, que quer ser a primeira a construir um prédio na Guaicuí. Por enquanto, a casa está lá com a pintura descascando, a porta e a janela fechadas. Nenhum frequentador da rua reparou.

Sobre a autora

Gaía Passarelli é escritora, editora e criadora das newsletters *Tá todo mundo tentando* e *Paulicéia*, na plataforma *Substack*. Em sua carreira trabalhou na MTV Brasil, BuzzFeed Brasil e colaborou em jornais e revistas como *Folha de S.Paulo, Elle, Marie Claire* e *Viagem & Turismo*. É autora de *Mas você vai sozinha?*, publicado pela Globo Livros, em 2016.

Este livro foi composto nas fontes Skolar e Helvetica
pela Editora Nacional em abril de 2024.
Impressão e acabamento pela Leograf